DESEO

JESSICA LEMMON
Amantes solitarios

HARLEQUIN™

Editado por Harlequin Ibérica.
Una división de HarperCollins Ibérica, S.A.
Núñez de Balboa, 56
28001 Madrid

© 2018 Jessica Lemmon
© 2019 Harlequin Ibérica, una división de HarperCollins Ibérica, S.A.
Amantes solitarios, n.º 2121 - 7.2.19
Título original: Lone Star Lovers
Publicada originalmente por Harlequin Enterprises, Ltd.

I.S.B.N.: 978-84-1307-355-2
Depósito legal: M-39161-2018
Impresión en CPI (Barcelona)
Fecha impresion para Argentina: 6.8.19
Distribuidor exclusivo para España: LOGISTA
Distribuidor para México: Distibuidora Intermex, S.A. de C.V.
Distribuidores para Argentina: Interior, DGP, S.A. Alvarado 2118.
Cap. Fed./Buenos Aires y Gran Buenos Aires, VACCARO HNOS.

Capítulo Uno

Texas en primavera era un espectáculo digno de verse. El sol de Dallas caldeaba el patio de Hip Stir, donde Penelope Brand estaba sentada frente a su cliente más reciente. Un cielo azul y sin nubes se extendía por encima de los edificios de cristal y acero y parecía suplicar a los habitantes de la ciudad que se tomaran un respiro. Dado que casi todas las mesas estaban llenas, parecía que la mayoría habían obedecido.

Pen se ajustó las gafas de sol antes de llevarse cuidadosamente la taza de café con leche a los labios. Estaba tan llena que el contenido amenazó con derramarse, pero ella consiguió que el primer sorbo cayera en sus labios en vez de en el regazo. Aquello fue un alivio, dado que Pen siempre iba vestida de blanco. Aquel día en particular, había elegido su americana blanca favorita con ribetes de seda negra, que llevaba sobre una camiseta de tirantes de color rosa vibrante. Los pantalones también eran blancos, ceñidos, y terminaban sobre un par de zapatos negros de alto y fino tacón.

El blanco era su color y le hacía sentirse poderosa. Los clientes de Pen acudían a ella cuando tenían alguna crisis, incluso cuando deseaban volver a empezar. Como especialista en relaciones públicas, una segunda oportunidad limpia y fresca se había convertido en su especialidad.

Había empezado su negocio en el Medio Oeste. Hasta el año anterior, la élite de Chicago le había confiado sus cuentas bancarias, sus matrimonios y su bien ganada reputación. Cuando la propia reputación de Pen sufrió un traspiés, ella se vio obligada a replantearse su situación. Esa desafortunada circunstancia estaba rápidamente ganando terreno como su «pasado». La mujer que estaba sentada frente a ella en aquellos momentos había colocado los cimientos para el futuro de Penelope.

–No me canso de darte las gracias –le dijo Stefanie Ferguson sacudiendo la rubia cabeza–. Aunque supongo que en realidad debería darle las gracias al estúpido de mi hermano por habernos presentado –añadió mientras se llevaba la taza a los labios.

Pen ahogó una sonrisa. El estúpido del hermano de Stephanie Ferguson no era otro que el adorado alcalde de Dallas, que había requerido sus servicios para que ayudara a su hermana pequeña a salir de un lío que podría llegar incluso a mancillar la propia reputación del alcalde.

Stef no compartía el amor de su hermano por la política y por mostrarse cauteloso para la opinión pública. Su última hazaña la había llevado a caer en brazos de Blake Eastwood, uno de los oponentes más críticos del alcalde. La fotografía en la que Stefanie salía de un hotel del brazo de Blake y en la que ambos aparecían con la ropa arrugada y sonrisas de satisfacción sexual, había causado una atención en los medios de comunicación que no era deseada.

El alcalde había contratado a Brand Consulting para hacer desaparecer lo que se podría haber convertido en una pesadilla. Penelope había hecho su trabajo y lo había hecho bien. Una semana después, los medios de comunicación habían centrado su atención en otra persona.

–Vas a venir a la fiesta esta noche, ¿verdad? –le preguntó Stef–. Estoy deseando que asistas para tener una chica con la que hablar.

Stef era cuatro años más joven que Pen, pero esta podría entablar fácilmente amistad con la primera. Stef era una mujer inteligente, aunque demasiado sincera para el gusto de su hermano. A Pen le gustaba esa clase de franqueza. Era una pena que una amistad con Stefanie rompiera una regla que Pen había adoptado muy recientemente: nunca había que implicarse personalmente con un cliente. Y eso incluía una amistad con la rubia que estaba sentada frente a ella.

Se lamentó al recordar la razón por la que había tenido que crear esa regla. Su ex en Chicago hundió su reputación, había cobrado sus cheques y le había obligado a marcharse para volver a empezar.

–No me lo perdería por nada del mundo –respondió Pen con una sonrisa. Efectivamente, no se iba a convertir en la mejor amiga de Stefanie Ferguson, pero no pensaba rechazar la ansiada invitación a la fiesta de cumpleaños del alcalde.

Los que eran invitados a aquella fiesta, que se celebraba en la mansión del alcalde, eran la envidia de la ciudad. Pen había trabajado con millonarios, celebridades y estrellas del deporte a lo largo de su vida profesional, pero nunca había trabajado directamente para un político. Asistir a la fiesta más deseada del año era un punto muy destacado de su currículum profesional.

Pen pagó la factura y se despidió de Stefanie antes de regresar andando a su despacho mientras daba las gracias a Dios porque el alcalde tuviera una hermana propensa a meterse en líos. El corazón le latía fuertemente en el pecho cuando pensaba lo que aquello podría significar para su empresa de Relaciones Públicas y para su propio futuro como empresaria. Iba a haber muchas personas en aquella fiesta que podrían terminar necesitando de sus servicios. El mundo de la política siempre estaba marcado por el escándalo.

Después de terminar su trabajo, cerró la puerta de cristal de su despacho y se dirigió a su cuarto de baño privado. Se aplicó un poco de perfume floral y se cepilló los dientes. Después se quitó el traje y se puso el vestido blanco que había elegido para acudir a la fiesta del alcalde. Se lo había llevado al despacho, dado que su apartamento estaba al otro lado de la cuidad y la mansión del alcalde se encontraba más cerca de su lugar de trabajo.

Tras ponerse el vestido se miró en el espejo de cuerpo entero que había sobre la puerta. No estaba nada mal. Después de mucho vacilar aquella mañana, había optado por dejarse el cabello suelto. Las suaves ondas le caían por los hombros. Además, el color azul de sus ojos azules destacaba aún más por el rímel negro y las sombras en tonos ahumados y plateados que se había aplicado.

Aquel vestido le hacía varios favores ciñéndosele perfectamente a las caderas y al trasero de un modo que no era del todo apropiado, pero que hacía destacar sus esfuerzos diarios en el gimnasio.

«No puedo dejar que te marches sin señalar lo bien que te queda ese vestido».

Un escalofrío le recorrió la espalda y le puso la piel de gallina al recordar la aterciopelada voz que, desde hacía dos semanas, la turbaba con su recuerdo.

Pen se había mudado a Dallas pensando que se había despedido de los hombres para siempre, pero, después de casi un año de trabajar sin parar para reconstruir su negocio y su reputación, había terminado por admitir que se sentía sola. Estaba en un club de jazz, disfrutando de la música y de un martini, cuando un hombre se le acercó a probar suerte.

Era alto y musculado. Un delicioso espécimen masculino con paso seguro y una hipnótica mirada verde que parecía inmovilizar a Pen por completo. Se presentó diciéndole que se llamaba «tan solo Zach» y luego le pidió permiso para sentarse. Pen se sorprendió a sí misma cuando le dijo que sí.

Mientras tomaban una copa, recordó que los caminos de ambos se habían cruzado una vez anteriormente en una fiesta en Chicago. Los dos conocían a la familia de multimillonarios que eran dueños de los hoteles Crane. Sin embargo, Pen jamás se habría imaginado ni remotamente siquiera que los dos volverían a encontrarse en un lugar que no fuera Chicago.

Tampoco se había imaginado que le invitaría a su casa, pero así fue. Una copa llevó a otra y Penelope dejó que la acompañara a su casa.

Menuda noche había sido…

Los besos de él la abrasaban, marcándola como suya durante aquellas pocas horas robadas. Más cálidos aún que la boca eran sus dorados músculos y ella gozó acariciándole los abultados pectorales y los firmes abdominales. Y tenía un trasero espectacular y una maravillosa sonrisa. Cuando se marchó por la mañana, incluso le dio un beso de despedida.

Ella tuvo que permanecer en la cama para recuperarse.

Tenía un hoyuelo en una de las mejillas. La risa de Penelope se había transformado en un murmullo de apreciación mientras había observado cómo él se vestía con la luz del sol atravesando las cortinas blancas de su dormitorio.

Había sido una noche perfecta y había servido para curarla de su soledad y añadirle un poco de alegría a su vida. Pen se había sentido como si pudiera adueñarse del mundo entero. Resultaba sorprendente el efecto que unos potentes orgasmos podían tener en la moral de una mujer.

Seguía sonriendo por el recuerdo de Zach de Chicago cuando se sentó detrás del volante de su Audi y se dirigió hacia su destino. Una noche con Zach había sido muy divertida, pero Pen no era tan necia como para pensar que podría haber sido algo más. Como hija de empresarios, el éxito se le había inculcado desde una edad muy temprano. Solo tenía que pensar en lo que le había ocurrido en Chicago cuando se había despistado un poco.

Nunca más.

En la verja de entrada a la mansión del alcalde, Pen presentó la brillante invitación negra, personalizada con su nombre en una elegante caligrafía plateada y sonrió al mirar el delicado brazalete de plata que llevaba en la muñeca izquierda. Se lo había incluido con la invitación y llevaba colgado una letra F. Penelope estaba dispuesta a apostarse cualquier cosa a que el diamante que iba engarzado en el pequeño colgante era auténtico. El alcalde hacía siempre un obsequio a todos los que asistían a su fiesta por primera vez.

El guardia de seguridad le indicó que pasara y ella sonrió triunfante. Estaba dentro. El mundo de la política rebosaba de hombres y mujeres que podrían necesitar contratarla en el futuro, y ella se aseguraría de que todos los invitados conocieran su nombre al final de la velada.

Le entregó las llaves de su coche al mozo de aparcamiento y se dirigió hacia la entrada principal de la mansión. Una vez dentro, se colocó bien el chal y se puso el bolso debajo del brazo. Cuando llegó su turno, un asistente la acompañó hasta el alcalde para realizar una presentación formal. Al verse frente a él, comprendió por qué se había ganado los corazones de la mayoría de las votantes femeninas de Dallas. Chase Ferguson era alto, con el cabello oscuro bien engominado, como si temiera no poder domarlo de ningún otro modo. Sin embargo, el ángulo de su mandíbula y las líneas perfectas de su traje oscuro indicaban el control que ejercía en todo lo que era necesario.

–Señorita Brand –le dijo, observándola con sus ojos castaños antes de tomarle la mano. Se la estrechó y se la soltó para hacerle un gesto a un camarero–. Stefanie está por ahí, en alguna parte. Gracias a usted, se está comportando perfectamente –añadió inclinándose ligeramente hacia ella.

El alcalde se irguió cuando el camarero se acercó con una bandeja repleta de copas de champán.

–¿Le apetece algo de beber? –le preguntó. El acento texano de Chase prácticamente había desaparecido bajo una pronunciación casi perfecta, pero Pen lo notaba cuando bajaba la voz–. Esta noche conocerá a mi hermano.

Pen se sintió algo avergonzada por no saber que había otro hermano. Solo llevaba un año en Texas y había estado muy ocupada con su trabajo, por lo que no se había molestado en investigar.

–Vaya, si antes lo digo –añadió Chase mirando por encima del hombro de Pen para darle la bienvenida a un recién llegado.

–Eh, eh, hermanito.

El recién llegado sí que tenía acento. Aquella voz provocó que se le pusiera el vello de punta porque la reconoció inmediatamente. Le provocó una cálida sensación en el vientre e incluso un poco más abajo. Los pezones se le irguieron. La voz tenía un acento texano más fuerte que el de Chase, pero no tanto como hacía dos semanas. Ni como cuando ella le invitó a su casa y él le había murmurado al oído, rozándole la oreja con los labios.

Pen cuadró los hombros y rezó para que Zach tuviera una muy mala memoria. Se volvió a mirarlo.

Se sintió abrumada por unos anchos hombros, realzados por un esmoquin negro. Llevaba el cabello, algo largo, apartado de su hermoso rostro y de los ojos más verdes que había visto en toda su vida. Zach era ya muy guapo la primera vez que lo vio, pero en aquella ocasión, su aspecto encajaba perfectamente con el aire de control y de poder que lo rodeaba.

Una parte de ella, oculta y primitiva, quiso reclinarse sobre él y volver a descansar entre sus capaces y fuertes brazos. Por mucho que la tentara el hecho de tocarle, no pensaba hacerlo. Ya había disfrutado una noche con él y estaba en proceso de establecer los cimientos de su negocio, por lo que se negaba a que todo su mundo volviera a desmoronarse por causa de un sensual hombre con un hoyuelo.

Un hoyuelo que no aparecía por ninguna parte, dado que él se había quedado boquiabierto de la sorpresa.

–Vaya… –musitó Zach–. No esperaba verte aquí.

–Pues ya somos dos –dijo Pen. Entonces, se bebió de un solo trago la mitad de su copa de champán.

Capítulo Dos

Zach logró controlar la expresión de sorpresa en su rostro, aunque ya fuera demasiado tarde.

Penelope Brand llevaba un ceñido vestido blanco, como la noche en la que la vio en el club. Él estaba allí con un amigo, pero este se había marchado ya hacía un rato con una mujer. Zach no había estado buscando ligar con nadie hasta que vio la melena rubia de Pen y la elegante línea que trazaban su cuello y sus hombros desnudos.

Verla con el cabello suelto en la fiesta de su hermano le hizo retroceder dos semanas en el tiempo. En su apartamento, al momento en el que le soltó el pasador con el que ella se había sujetado el cabello y dejó caer los sedosos mechones. Recordó su tacto, cómo se los había acariciado junto antes de cerrar la puerta de una patada para llevarla al dormitorio.

Antes de depositarla sobre la cama, ya había saboreado sus labios. Después, se ocupó de saborear todas las otras partes de su cuerpo. Y, efectivamente, fueron todas.

No habían hablado de reglas, pero los dos sabían a lo que atenerse. Él no llamaría ni ella querría que lo hiciera, por lo que aprovecharon la noche al máximo. Pen representaba perfectamente las fantasías que él había tenido y ella no le había defraudado. Después, se marchó por la mañana con una sonrisa que reflejaba perfectamente la de ella.

Después, ya en su casa, cuando se metió en la ducha, se había lamentado brevemente de no volver a verla. Sin embargo, tal vez se encontrarían de nuevo, dado que el destino ya les había sonreído dos veces. Aquella noche en el bar, no había dejado que ella se marchara sin poner a prueba la atracción que había entre ellos.

Y, en aquellos momentos, en la fiesta de su hermano, estaba experimentando una sensación muy similar.

–Si me perdonáis… –comentó Chase mientras seguía saludando a sus invitados.

–«Solo Zach» –dijo ella. Algo se reflejó en sus ojos–. Pensaba que eras un contratista en Chicago.

–Lo era.

–¿Y ahora eres el hermano del alcalde?

–Siempre he sido el hermano del alcalde –replicó él con una sonrisa.

También había sido siempre un magnate del petróleo. La breve estancia en Chicago no había cambiado ni su familia ni su legado. Cuando su madre le llamó para decir que su padre, Rand Ferguson, había sufrido un ataque al corazón, Zach abandonó Chicago para siempre, sin mirar atrás.

Él no era la oveja negra. Nunca le había molestado trabajar para el negocio familiar. Simplemente había querido ser independiente durante un tiempo. Lo había hecho y había regresado. Se le daba muy bien ser el mandamás de Ferguson Oil. Su madre también estaba más tranquila con Zach al mando.

–¿Eres adoptado o algo así? –le preguntó Penelope.

Zach soltó una carcajada. No era la primera vez que escuchaba algo similar.

–No. En realidad, Chase y yo somos mellizos.

–¿De verdad? –preguntó ella arrugando la nariz. Resultaba muy mona.

–No.

Penelope frunció los labios e, inmediatamente, Zach deseó volver a sentir de nuevo su dulzura. No había salido mucho a lo largo del último año, pero la sonrisa de Penelope lo había atraído mucho. Al principio, no la había reconocido. La primera vez que se vieron fue un brevísimo encuentro hacía tres años en una fiesta en el Crane Hotel que no la había fijado completamente en su pensamiento, aunque la atracción era innegable.

Pen se terminó la copa de champán y dejó la copa sobre la bandeja de un camarero que pasaba.

–No divulgaste quién era tu familia el sábado.

–Y tú tampoco quién es la tuya.

Ella lo miró de arriba abajo. Evidentemente, estaba tratando de encajar al hombre que había ante ella con el que había conocido en el club.

–Te aseguro que soy el mismo –comentó él con una ligera sonrisa que, por fin, mostró el hoyuelo. Él se lo señaló al ver que ella fruncía el ceño–. Hace unas semanas te gustaba. De hecho, te gustaba todo esto hace unas semanas –añadió señalándose a sí mismo.

Enojada no era una buena palabra para definir la expresión que se reflejó en su hermoso rostro. La atracción seguía latente, el vínculo que había existido entre ellos mientras alcanzaban el orgasmo aquella noche en la cama de ella dos… no, tres veces.

En aquel momento, Zach decidió que terminaría aquella noche con ella en la cama. Conectaban bien juntos y, a pesar de que él no solía repetir dos veces con una misma mujer, estaba dispuesto a hacer una excepción con Penelope Brand.

–Te acompañaré al comedor. Puedes sentarte a mi lado –le dijo mientras le ofrecía su brazo.

Pen suspiró. El gesto le hizo levantar los senos y suavizar sus rasgos. La sonrisa de Zach se hizo aún más amplia.

–Está bien, pero solo porque hay muchas personas aquí a las que me gustaría conocer. Esta fiesta es para hacer contactos, así que te agradecería…

Penelope no pudo terminar la frase debido al grito de una mujer.

–¿Dónde está? ¿Dónde está ese hijo de perra que me debe dinero?

Todos los presentes se quedaron boquiabiertos. Pen agarró con fuerza a Zach del antebrazo. Él se volvió hacia el lugar desde el que había surgido el grito. Se trataba de una delgada pelirroja que llevaba un vestido negro y un montón de papel enrollado en la mano. Recorría ansiosa la sala con un gesto muy desagradable en los labios que hizo que Zach se preguntara cómo había podido encontrarla atractiva. Por supuesto, ella no estaba vociferando de aquella manera cuando intercambiaron sus votos matrimoniales.

–Tú –exclamó al verlo mientras los guardias de seguridad de la casa comenzaban a rodearlo.

Zach levantó una mano para impedírselo. Tenía que hablar con Yvonne para tratar de quitarle de la cabeza lo que tuviera en mente antes de que el escándalo que causara fuera aún mayor.

–V –dijo, esperando ganar terreno al utilizar el apodo cariñoso con el que la había bautizado la noche que se conocieron. Una noche ahogada en tequila–. Estás en la fiesta de cumpleaños de mi hermano. Tienes toda mi atención. ¿Hay algo en lo que pueda ayudarte?

–Extiéndeme un cheque por un millón de dólares y me marcharé enseguida –dijo. Entonces, levantó la mano con los papeles enrollados y la agitó–. Si no, haré pedazos la anulación de nuestro matrimonio. El hecho de casarme contigo me da derecho al menos a la mitad de tu fortuna, Zachary Ferguson.

Resultaba irrisorio que ella pensara que un millón de dólares era la mitad.

Penelope apartó la mano del brazo de Zach, pero él se la volvió a agarrar y la colocó donde estaba.

–Es mi exesposa –le dijo a Penelope y a todos los que pudieran escucharle–. Y no, no es así.

–Voy a hacer que tu vida sea miserable, Zachary Ferguson. Solo tienes que esperar.

–Demasiado tarde –replicó él mientras realizaba una leve indicación de cabeza a los guardaespaldas.

Uno de ellos agarró a Yvonne por el brazo. Ella no se resistió, pero tampoco se mostró muy dispuesta a macharse. En vez de eso, se puso a mirar a Penelope muy fijamente.

—¿Quién es esta? ¿Me estás engañando?

Ya estaban otra vez con las mismas. Yvonne le había realizado aquella pregunta muchísimas veces en los dos días que estuvieron casados, tantas que Zach habría jurado que se había acostado aquella noche cuerda y se había levantado completamente loca.

Tuvo el sentido común de romper el matrimonio, el que no tuvo cuando se casó. Los detalles quedaban algo borrosos en el recuerdo: Las Vegas, Elvis, la Capilla del Amor, etc. En aquel momento, casarse le había parecido algo muy divertido, pero la espontaneidad tenía sus problemas. Veinticuatro horas después, a Yvonne le habían salido cuernos y lengua bífida.

—Que sean dos millones —gritó Yvonne, que había captado a lo que se refería Zach. El guardia de seguridad la hizo retroceder un poco y pareció incómodo cuando ella se resistió.

Zach tenía dinero, mucho, pero entregárselo a una loca pelirroja no iba a hacer que ella se marchara para siempre. Seguramente, volvería a por más cuando se le gastara.

—Sacadla de aquí —ordenó Zach mientras colocaba la mano sobre la de Pen—. Está disgustado a mi prometida.

—¿Tu qué? —le preguntó Yvonne al mismo tiempo que Penelope se tensaba a su lado.

—Penelope Brand, mi prometida. Yvonne… —dijo Zach. Los ojos de Yvonne ardieron de ira al ver que era incapaz de recordar su apellido de soltera—. Yvonne, mi exesposa —añadió encantado de avivar las llamas—. Penelope y yo nos vamos a casar. Es real, al contrario de lo que hubo entre nosotros dos. Puedes ponerte en contacto con mi abogado si tienes más preguntas.

Yvonne siguió gritando como las anguilas de *La princesa prometida* mientras los guardias de seguridad se la llevaban.

Chase se acercó a ellos y utilizó la ligera ventaja que le daba su altura para tratar de intimidar a Zach.

–A ver si lo entiendo –dijo con aquella exagerada tranquilidad que lo caracterizaba–. ¿Estás prometido y te vas a casar?

–Estuve casado.

–No me dijiste que hubieras estado casado.

–Bueno, solo lo estuve durante cuarenta y ocho horas.

–Y usted –añadió Chase, concentrando aquella vez la atención en Penelope–, tampoco me dijo que estaba prometida con mi hermano.

–Yo… –murmuró Pen sin saber qué decir.

–No es cierto –afirmó Zach. Sabía que no podía engañar a su hermano dado que, gracias al mundo de la política, estaba más que cualificado en aquel tema–. Solo quería deshacerme de Yvonne.

Se lo contaría todo a Chase, aunque a él lo habían dejado fuera en lo que le ocurrió a Stefanie. Zach sabía que su hermana tenía problemas, pero no se había percatado de que su hermano había llamado a la caballería, en la forma de los servicios relaciones públicas de Penelope.

–Pues lo has conseguido –comentó Chase. Entonces, sonrió amigablemente a Penelope–. Parece que se ha asegurado su próximo cliente, señorita Brand. Confío en que pueda limpiar el lío en el que se ha metido mi hermano.

Tras realizar una serie de sonidos para conseguir aclararse la garganta, Penelope pudo contestar.

–Sí, por supuesto.

–Excelente –dijo Chase. Entonces, levantó la voz para dirigirse a todos los invitados–. Ahora, si todo el mundo acude al comedor para tomar asiento, la cena se servirá en breve. Supongo que vosotros preferiríais sentaros juntos –añadió volviendo su atención brevemente a Zach y a Penelope.

Zach se limitó a sonreír mientras miraba a la atónita Penelope. Aquella velada iba a ser muy divertida.

–No permitiría que mi prometida se sentara con nadie más.

Capítulo Tres

Penelope entró en el enorme salón de baile del brazo de Zach. La mansión presumía de tener suficientes mesas y sillas para poder sentar a los más de cien invitados del alcalde. Como ocurría en una boda, había una mesa principal en la que se sentarían los invitados más destacados. En aquella ocasión, los invitados eran, además del alcalde, Stefanie, Zach y la repentina adición de Penelope.

La mesa estaba algo apartada de la de los demás y estaba decorada con velas y elegantes adornos florales. Algunos miembros destacados del ayuntamiento estaban también sentados a aquella mesa. Una tal Barb, que no paraba de hablar; Roger, que parecía miembro del servicio secreto; y un hombre corpulento y hosco llamado Emmett Keaton.

Emmet, a quien se había presentado como amigo y confidente del alcalde, tenía el cabello muy corto, barba de pocos días y miraba a Stefanie con desdén. Stefanie, por su parte, lo contemplaba con desaprobación desde el otro lado de la mesa. Evidentemente, la relación entre ambos era muy mala.

A Penelope no le sorprendía. El último desliz de Stefanie había atraído la atención de la familia Ferguson, y no de la que era bien recibida. Era comprensible que no gozara de buena opinión entre los colaboradores de su hermano.

Hablando de deslices, Pen tenía otro del que ocuparse: la exesposa de Zach. Pen no sabía qué era lo que la escandalizaba más si que Zach se hubiera casado con una mujer tan desequilibrada o que se hubiera casado.

Zach no era de los que se casaban, sino de los hombres a los que le gustaba disfrutar de aventuras de una noche. O, por lo menos, eso era lo que ella había pensado.

Cortó el cordero que tenía en su plato y, en voz muy baja, le hizo a Zach la pregunta del millón.

–¿Estabas casado cuando nos acostamos hace dos semanas?

Él estaba masticando y se detuvo un instante antes de continuar, sonriendo con la boca cerrada antes de tragar. Se pasó la lengua por los labios y bebió un poco de agua antes de responder. A Pen no le importó el retraso. El cordero estaba espectacular. Cortó otro pequeño trozo para ella y lo mojó en la salsa que lo acompañaba.

–No –dijo él por fin.

Ella se secó los labios con una servilleta.

–¿Cuándo ocurrió?

–La Nochevieja pasada –contestó él tras mirar a su alrededor, pero nadie les estaba prestando atención–. En Las Vegas.

Pen se echó a reír.

–Eso es un cliché, Zach.

–Sí, igual que la anulación.

–¿Y lo de nuestro compromiso?

Zach se encogió de hombros.

–Tú ayudaste a Stef. Es bueno tenerte como aliada.

–Me podrías haber presentado como tu consejera. Como cualquiera en realidad.

Zach pinchó un trozo de carne con el tenedor y lo agitó en el aire.

–Lo de prometida suena muy bien.

–Muy gracioso… –comentó ella. Al menos, su personalidad parecía ser la misma que la noche en la que ella lo había invitado a su casa. Entonces, también se comportaba de un modo muy descarado.

Pen sonrió, lo miró a los ojos y disfrutó con la escasa distancia que había entre ellos antes de volver a centrarse en su cena.

Cuando se terminaron los platos principales, apareció el postre en la forma de un pastel de chocolate adornado con frambuesas y copos de chocolate blanco.

–Ha llegado la hora del discurso –dijo Zach animando a su hermano.

–Venga, campeón –comentó su hermana, bromeando.

Chase se puso de pie y se abotonó la americana. Entonces, se dirigió hacia el estrado. Chase tenía una gran presencia. Elegante y distinguido. Hablaba y el mundo parecía detenerse para escucharlo. Recordó la primera vez que lo vio hablando en televisión y pensó…

Contuvo el aliento y se quedó boquiabierta al notar una cálida mano sobre la rodilla.

Zach.

Barb la miró por encima del hombro y le dedicó una amplia sonrisa. Pen asintió como pudo mientras metía la mano debajo de la mesa para retirar la de Zach. Entonces, se aclaró la garganta y volvió a centrarse en el discurso de Chase. Los dedos de Zach no tardaron en regresar. En aquella ocasión, ella consiguió no producir sonido alguno. Miró con desaprobación a Zach, que estaba apoyado en un codo que tenía sobre el brazo de su butaca. Entonces, él se llevó un dedo a los labios y entornó los ojos como si estuviera pendiente de cada palabra que pronunciaba su hermano.

Con los dedos de Zach trazándole círculos sobre la rodilla, Pen no se podía concentrar en lo que decía Chase. Miró rápidamente a su alrededor y se dio cuenta de que nadie se había percatado de lo que estaba ocurriendo debajo de la mesa.

Se rebulló en el asiento, pero antes de que pudiera aplastar los dedos de Zach entre las rodillas, él le agarró la pierna con fuerza. Pen tragó saliva y experimentó una oleada de lujuria cuando él le separó las piernas.

Ella apoyó las manos sobre el mantel y sintió cómo la mano de Zach iba subiendo lentamente por el interior del muslo. Cerró los ojos y recordó imágenes de la noche que habían pasado juntos. Firmes e insistentes besos en la mandíbula, el cuello y más abajo aún. El profundo timbre de su risa cuando a ella le costó desabrocharle el cinturón. Terminó desnudándose para ella mientras Pen se sentaba en la cama y observaba todo como hipnotizada.

Regresó al presente cuando los dedos de Zach se le hundieron en el muslo y, sin previo aviso, comenzó a apartar las braguitas de seda. Pen apretó el puño sobre la mesa y agarró el plato de postre, tirando de él peligrosamente hacia el borde de la mesa. Su copa de vino se tambaleó también.

Contuvo el aliento cuando él comenzó a tocarla íntimamente. La seda se fue humedeciendo por las caricias de los dedos. Cuando por fin Zach apartó totalmente las braguitas, Pen se mordió el labio inferior para contener un gemido. Entonces, escuchó la voz del alcalde.

–Por Penelope y por mi hermano Zach. Mi enhorabuena por vuestro compromiso.

Pen se irguió al notar que las miradas de todos los presentes estaban puestas sobre ellos y que tenían las copas levantadas en su honor.

–Salud –dijo Chase.

Rígida como un cadáver, Pen consiguió esbozar una sonrisa. Sin inmutarse, Zach lanzó su servilleta sobre la mesa antes de tomar la de Pen para quitársela del regazo y se puso de pie. Entonces, le ofreció la mano. Pen rezó para que el rubor que le cubría las mejillas se tomara por vergüenza ante la atención que todos les estaban profesando.

Colocó la palma de la mano sobre la de él y, con un rápido movimiento se bajó la falda antes de ponerse de pie junto a él para aceptar el aplauso de todos los invitados.

Tan fresco como una rosa, Zach empujó el plato del postre de Pen hacia un lugar más seguro y le entregó a ella la copa de vino antes de levantar la suya propia.

Entonces, todos bebieron por su compromiso.

–Me gusta esto –comentó Zach mientras tocaba con el pulgar la F que colgaba de la pulsera de Pen–. Me hace sentir posesivo.

Pen se movía al ritmo de la música, entre sus brazos.

A Zach le gustaba tener la mano de ella en la suya. Le gustaba su risa y el dulce aroma de su perfume. Le gustaba el modo en el que había evadido la pregunta de Barb cuando la mujer le preguntó por qué no llevaba anillo de compromiso.

Se había limitado que no habían querido eclipsar al alcalde en el día de su cumpleaños. Por lo tanto, Pen era la mujer adecuada para aquella situación tan particular. Era la mejor en su campo. Tocarla bajo la mesa y escuchar su entrecortada respiración había sido muy gratificante.

–¿Por qué estás sonriendo? –le preguntó ella.

–Creo que lo sabes.

Ella guardó silencio, sin confirmar o negar. La mejor en su campo.

Zach la estrechó un poco más contra su cuerpo. Penelope no se resistió, algo que a él le gustó mucho.

–Tu hermano es muy amable al darle unos regalos tan bonitos a los que asisten por primera vez a su fiesta –comentó, centrando de nuevo la conversación en el brazalete.

–¿Acaso crees que esa es la razón? –bromeó Zach mientras chascaba la lengua–. En ese caso, no conoces el secreto de cumpleaños de Chase Ferguson.

Ella abrió los ojos ligeramente, pero Zach no pronunció palabra alguna. Finalmente, ella ya no pudo resistir más.

–¿Me lo vas a contar o no?

–Depende. ¿Te va lo de compañeros sexuales múltiples?

–¡Zach!

Un segundo más tarde, ella soltó una carcajada que caldeó agradablemente el pecho de Zach. Pen apartó la mano del hombro de él para darle un empujón.

–Eres imposible…

Zach se acercó ligeramente a ella para detenerse a poca distancia de los labios de Pen, como si estuviera poniéndola a prueba.

–Llevas la primera letra de mi apellido, Pen. Eso significa que eres mía.

Ella lo miró con sus enormes ojos azules y, durante un instante, Zach pensó que iba a pedirle que la llevara a su dormitorio. De hecho, no se había mostrado nada tímida la noche en la que ella le invitó a su casa.

En vez de eso, aquellos ojos azules lo miraron y dijo:

–Pareces un hombre de las cavernas.

Sin embargo, ella no parecía discutir que le perteneciera.

–¿Qué es lo que ocurre ahora? –le preguntó. Los invitados habían empezado a marcharse. Solo quedaban algunas parejas bailando mientras otras estaban en el bar o sentadas con sus cafés en las mesas.

–La fiesta se va relajando. Se fuman puros. Se sirve *bourbon*. Stef y yo tenemos dormitorios aquí, así que normalmente nos quedamos a pasar la noche.

–Bueno, pues asegúrate de decirme cuándo es el momento adecuado para marcharme. No quiero excederme en mi primera fiesta en casa del alcalde.

–¿Y si no te vas?

–¿Cómo dices?

–Me has oído. No te vayas. Quédate en mi dormitorio. Conmigo –susurró mientras la estrechaba contra su cuerpo y apoyaba la mejilla contra la de ella mientras le hablaba al oído–. Pasa la noche en mi cama, Penelope. No te arrepentirás.

–Yo… yo no puedo. Es… inapropiado.

Zach dejó de bailar y le agarró el rostro entre las manos.

–No solo es apropiado, sino que es lo que se espera. Para todos los que hay en esta sala, eres mi futura esposa. Y yo jamás dejaría que mi prometida se marchara a su casa sola en coche a estas horas de la noche.

Penelope sonrió ligeramente.

–Dios mío… Ciertamente eres un hombre de las cavernas.

–Ay, cariño –dijo él mientras le guiñaba un ojo y entrelazaba los dedos con los de ella–. Sí, soy tu hombre de las cavernas.

Penelope se echó a reír. El hecho de que ella permitiera que le acompañara al bar era una buena señal de que terminaría acompañándolo al dormitorio cuando la velada terminara por fin. Zach no estaba dispuesto a que la fiesta acabara para ellos. Estaba deseando quedarse a solas con ella para darle la mejor noche de su vida.

Bueno, asumiendo que se pudiera superar la noche que ya habían pasado juntos. Era un desafío al que estaba dispuesto a enfrentarse.

Capítulo Cuatro

–Nos vamos a retirar. Feliz cumpleaños.

Zach le ofreció la mano a su hermano. Chase se la estrechó, algo que a Penelope le resultó encantador, aunque demasiado formal.

–Penelope, siéntete como en tu casa –le dijo Chase–. Mis empleados te proporcionarán todo lo que necesites.

–Yo le daré todo lo que necesite –afirmó Zach mientras agarraba la mano de Pen–. Es mi prometida.

Cuando él le guiñó un ojo, Pen sonrió. Zach era muchas cosas, que conocía bien antes de que se enterara de que él era el hermano de Chase Ferguson, pero quizá la más importante de todas ellas fuera que Zach era muy divertido. No obstante, con él Pen estaba rompiendo su regla más importante, la de no acostarse nunca con un cliente. La infringiría en aquella ocasión, aunque fuera solo para él. Zach hacía que resultara delicioso romper las reglas. Zach centraba la atención de Penelope en el presente, razón por la cual ella le había invitado a ir a su casa aquella noche en el club.

Una vocecilla en el interior de su cabeza no hacía más que recordarle que su ex le había hecho pagar un precio muy alto en el pasado, pero las burbujas del champán que le flotaban en el estómago parecían ahogarla.

Su situación con Zach era totalmente diferente. El hecho de hacerse pasar por su falsa prometida era tan solo una treta, pero no veía razón alguna para no aprovecharse de otra noche con él. Zach lo había estado sugiriendo desde que comenzó a tocarla debajo del mantel.

De la mano, pasaron por delante de Stefanie. Esta realizó un gesto de enojo y desaprobación con los labios.

–No me puedo creer que no me dijeras que estabas prometida con este idiota –le dijo señalando a Zach.

–No se puede uno fiar de tu capacidad para guardar secretos, hermanita –replicó él.

Habían decidido no compartir la verdad con Stefanie. Había sido idea de Chase. Al alcalde le pareció que era mejor que su hermana desconociera lo que realmente ocurría como todos los demás.

–Últimamente tienes muchos secretos –le recriminó Stef a Zach.

–Lo mismo digo de ti –repuso él–. Yo no tenía ni idea de que estabas trabajando con mi hermosa prometida.

–Bueno, lo que hicimos fue simplemente desviar la atención del público –comentó Pen.

–Y te estoy muy agradecida por ello –exclamó Stefanie mientras agarraba afectuosamente del brazo a Pen–. Ahora en serio, me alegro mucho por los dos.

–Gracias, hermanita –dijo Zach.

Pen se sintió algo culpable. No le importaba engañar a la opinión pública, pero mentirle a la hermana de Zach le parecía mal.

–No me voy a quedar a pasar la noche –les informó Stef–. Tengo una cita con otro de los enemigos de mi hermano.

Zach se tensó.

–¡Es broma! –le aclaró Stef con una amplia sonrisa. Entonces, se despidió de ambos.

Pen pasó la mano por la chaqueta de Zach para tranquilizarlo.

–Tranquilo, muchacho…

Zach se volvió rápidamente a mirarla. El ardor de su mirada se transformó de ira en lujuria, lo que resultaba aún más siniestro.

–¿Muchacho?

Zach sorprendió a Pen tomándola en brazos. Los pocos invitados que quedaban reaccionaron quedándose boquiabiertos o riéndose. Pen, con los ojos abiertos de par en par, se abrazó a él y enredó los dedos en el cabello que le cubría la nuca.

–Parece que necesitas que te recuerde el hombre con el que compartiste tu cama hace unas semanas.

Aquella sonrisa tan segura de sí misma, los fuertes brazos y los resplandecientes ojos verdes la consumían. Ella se mordió los labios mientras recordaba los detalles de aquella noche.

–Ahora que lo dices, tal vez sí…

Zach sonrió. Fuera o no su prometida, la atracción que había entre ellos era muy real. Penelope iba a aprovecharse de cada prometedora y excitante parte de que él le prometía.

Pen casi no había tenido ni un instante para mirar a su alrededor cuando el fuerte torso de Zach se pegó contra la espalda de ella. Le apartó el cabello de la nuca y aplicó los labios.

–No me he traído una bolsa con mis cosas –susurró ella inclinando la cabeza para facilitarle el acceso.

Zach comenzó a acariciarle el lóbulo de la oreja con la lengua para luego tirar suavemente de él con los dientes. Pen sintió que se le ponía la piel de gallina y levantó las manos para agarrarle la parte posterior de la cabeza.

La boca de Zach resultaba tan embriagadora como cualquier licor, pero mil veces más potente.

–Al menos necesitaré… –susurró ella, interrumpiéndose al sentir que él le acariciaba los costados, muy cerca de los senos, tentándola con lo que estaba por venir– un cepillo de dientes.

Zach respondió a su petición deslizando unos cálidos dedos sobre la espalda desnuda de Pen, antes de terminar de bajar la cremallera hasta el trasero.

—Precioso… Maldita sea, Pen. Me encanta tu trasero…

—Lo mismo digo —musitó ella con una carcajada antes de darse la vuelta entre los brazos de Zach. Él la miraba de tal manera que hacía que ella se sintiera preciosa, como si fuera la única mujer que deseaba en el mundo entero.

Zach le hundió los dedos en el cabello y él le colocó las manos en la nunca, inmovilizándola con una seria mirada.

—Dime la verdad.

—¿Sobre qué?

—¿Has pensado en mí en las últimas semanas?

—Sí.

La palma de la mano de Zach le caldeaba el cuello. Entonces, la movió ligeramente hacia arriba, como si estuviera sujetándole la cabeza por la base del cráneo. Después, bajó la cabeza, pero no la besó. Se limitó a seguir con su interrogatorio.

—Dime en lo que pensabas, Penelope Brand —dijo él. El hoyuelo le marcaba la mejilla porque estaba esbozando una cálida sonrisa—. Gráficamente y con detalles.

Pen no pudo evitar devolverle aquella sonrisa. Le agarró la camisa y se la sacó de los pantalones para poder deslizar las manos por la cálida y dorada piel.

—Tú primero —le susurró a un centímetro de sus labios.

Pen había querido resultarle mona, pero la sonrisa de Zach se borró de sus labios. Él le colocó la otra mano en la espalda, apretándola hasta que los senos se le aplastaron contra el torso. Entonces, respondió.

—Desde que me marché de tu apartamento, me despertaba todas las mañanas duro y dispuesto. La mujer que tenía en la cabeza era una rubia de ojos azules, desnuda y con tu nombre —añadió. Las pupilas se le habían dilatado, haciendo casi desaparecer los verdes iris–. Ahora te toca a ti.

Ella recordaba muchas cosas. El modo en el que se movía encima de ella, el modo en el que la llenaba por completo, consumiéndola de deseo mientras hacían el amor. Sin embargo, principalmente se trataba del modo en el que él se reía y le hacía la vida divertida durante aquel breve espacio de tiempo.

Zach le hacía olvidar sus obligaciones o el hecho de que, en el pasado, había permitido que un hombre destrozara su negocio y su sentido común. Zach le hacía sentirse hermosa, amada y caliente. Muy caliente.

–Recuerdo –le dijo mientras tiraba del cinturón– tu rostro cuando te corrías.

Le desabrochó los pantalones y metió la mano en su interior. Entonces, comenzó a deslizar la palma a lo largo de la firme columna de su erección. Zach respiró profundamente y le colocó las manos en las caderas y se las agarró muy posesivamente.

–Estabas muy parecido a cómo estás ahora –susurró ella mientras acariciaba su masculinidad y levantaba la cabeza para lamerle delicadamente el labio inferior. Su sabor era tal y como recordaba, cálido, firme, lleno de deseo–. Controlando, pero corriendo el peligro de perder el control.

Pen había buscado acicatearle. Zach no la desilusionó. Le agarró la falda del vestido y se la subió para sacarle la prenda por la cabeza. Lo arrojó al suelo del revés.

–No corro el peligro de perder el control, señorita Brand –le informó Zach, intensificado su acento texano–, pero tú sí.

La siguiente prenda que terminó en el suelo fue el sujetador de encaje. Él lo desabrochó tan rápidamente que, en un abrir y cerrar de ojos, los senos quedaron al descubierto, con los pezones erectos y suplicando su atención.

Atención que no tardaron en obtener.

Zach le rodeó con ambos brazos y Pen tuvo que colocarle las manos sobre los hombros cuando él bajó la cabeza para saborearle un pecho. La lengua lamía y acariciaba. Pen echó la cabeza hacia atrás, perdiéndose en el momento. Eso era precisamente lo que Zach provocaba en ella, que viviera el momento y no más allá.

¿Quién se podía resistir?

Zach hizo que anduviera hacia atrás y ella se dejó llevar para terminar junto a la cama de la que estaban a punto de hacer buen uso. El elegante dosel llegaba prácticamente al techo, adornando una cama tan hermosa que hubiera sido adecuada para una princesa.

Zach le dio el último empujón hasta que ella se sentó sobre el colchón y abrió los ojos. Vio que Zach la estaba mirando, con la camisa y los pantalones desabrochados y los ojos ardientes.

—Maldita sea, no sé qué hacer primero.

—Yo sí…

Pen le agarró el pene una vez más, pero Zach le apartó la mano.

—Eso no…

Zach sonrió y, entonces, le enganchó los dedos en las braguitas y se las empezó a quitar. Se detuvo en los tobillos. Sin dejar de mirarla, le quitó un zapato y luego otro, tirando ambos por encima de su hombro. La braguita de seda corrió la misma suerte.

—Muévete hacia el centro de la cama…

Pen lo hizo, desnuda y tan excitada que se preguntó si él podría ver cómo le temblaban los brazos mientras se colocaba donde él le había pedido.

Zach terminó de quitarse la camisa sin dejar de mirarla, como si ella fuera su siguiente comida. A continuación, se bajó los pantalones y los calzoncillos hasta los tobillos, para luego quitárselos al mismo tiempo que zapatos y calcetines.

Pen tuvo que contenerse para no babear.

El musculado y firme torso de Zach era tan espectacular como lo había sido en su recuerdo. Estaba tan solo cubierto por un poco de vello en torno a los dos pezones. La erección se erguía orgullosa entre sus estrechas caderas, que daban paso a unos muslos muy poderosos. Ella se dio cuenta de que se había perdido mirando aquel cuerpo y rápidamente se centró de nuevo en el rostro.

Eso no le ayudó.

Su cuerpo era de infarto, pero el hoyuelo que él tenía sobre una mejilla cuando sonreía la volvía loca. Tenía la mandíbula fuerte y firme, lo que contrastaba con el brillo juguetón de sus ojos. Algunas personas podrían decir que su cabello era demasiado largo, pero a Pen le gustaba así, especialmente cuando se inclinaba sobre ella y los mechones le caían por la frente.

Zach colocó una rodilla sobre el colchón, luego la otra. Ella se quedó boquiabierta cuando bajó la cabeza sobre su vientre y comenzó a lamerle el ombligo delicadamente. Las llamas del deseo comenzaron a abrasarla por dentro. Aquello era lo que más había disfrutado con él. Cuando Zach bajó un poco más hacia abajo, un gemido se le escapó de los labios.

—Eso es lo que me gusta escuchar —susurró él mientras le levantaba las rodillas, se las separaba y se acomodaba sobre ella—. Haz todo el ruido que quieras. Nadie se aloja en esta parte de la casa, pero, aunque fuera así, quiero que sepan exactamente por qué has accedido a casarte conmigo.

—¿Por tu dinero? —bromeó Pen para romper la tensión sexual que la estaba asfixiando.

—Ah, pagarás por eso...

No le ofreció otro lametón, sino que enterró el rostro entre los muslos y le proporcionó el prometido castigo.

Ella lo aceptó todo con gusto, agarrándose con fuerza al edredón y revolviendo las almohadas con los movimientos de cabeza y haciendo que, una a una, terminaran en el suelo. Zach le proporcionó un orgasmo sin ni siquiera esforzarse y dos más cuando puso más empeño.

Jadeando, presa del delirio del placer, Pen abrió perezosamente los ojos cuando él empezó a subir poco a poco por su cuerpo, deslizando los labios por las costillas, por los senos hasta llegar al cuello para morderle el lóbulo de la oreja.

—¿Sigues tomando la píldora?

—Sí —susurró ella, agarrándole los brazos. La anticipación la llenaba por completo. Lo deseaba tanto...

Zach terminó de colocarse encima de ella y apretó su erección contra el cuerpo de Pen.

—¿Has estado con alguien desde la noche que pasamos juntos?

La pregunta la pilló desprevenida y Pen frunció el ceño levemente.

—Yo no, Pen —afirmó él—. A menos que cuentes mi mano y las duchas frías donde he intentado borrar el recuerdo que tenía de ti.

Zach... había pensado en ella. Estaba diciendo la verdad.

—¿Y tú?

—No —respondió Pen.

Ella recibió su recompensa con un movimiento de las caderas de Zach. No tardó mucho en sentirlo dentro de ella, profundamente, adueñándose de su cuerpo, llenándola tal y como lo recordaba...

El profundo gruñido que escapó de sus labios reverberó contra los senos de ella. Pen se había aferrado a él y los cuerpos de ambos parecían sellados por una fina capa de sudor.

Zach lanzó una maldición que sonó muy parecida a un cumplido antes de hundirle los dedos en el cabello y mirarla fijamente a los ojos.

—Eres mía, Pen.

Ella miró el brazalete que tenía en el brazo. La letra F se meneaba sobre su piel como si la estuviera marcando.

—Dilo —le exigió mientras la reclamaba con otro poderoso envite.

—Soy tuya.

Otro profundo movimiento hizo que lo sintiera aún más profundamente entre las piernas.

—¿De quién? —gruñó él mientras avivaba el ritmo.

Todo el cuerpo de Pen sufría un exceso de calor. Sabía lo que él le estaba pidiendo. Sabía lo que quería. Pen echó la cabeza hacia atrás y le dio la respuesta que se había ganado.

—Tuya.

—Di mi nombre, preciosa.

Ella lo hizo gritando.

—¡Zach!

El roce del cuerpo de Zach contra el suyo, la caricia de su aliento en la oreja y el calor de su boca la llevaron a nuevas alturas.

Tras lanzar otro grito, Pen alcanzó de nuevo el orgasmo. Un envite más consiguió el de él. Pen abrió los ojos de placer y vio cómo el rostro de Zach se tensaba por el clímax. Cómo apretaba con fuerza los ojos y estiraba los labios mientras su poderoso cuerpo se echaba a temblar.

Vio también la expresión sorprendida de sus ojos. Él observó durante algunos instantes y luego una familiar sonrisa adornó su hermoso rostro.

Ella se la devolvió. Igualmente atónita. Igualmente abrumada por el placer.

Capítulo Cinco

A la mañana siguiente después de la fiesta, Zach se despertó al lado de Pen, en la cama que habían deshecho por completo a lo largo de la noche anterior. La colcha y las mantas estaban sobre el suelo, las sábanas revueltas y arrancadas por tres sitios, dejando al descubierto el colchón.

Zach estaba desnudo y mostraba la erección matutina de la que le había hablado a Pen. Sin embargo, en aquella ocasión, en vez de solucionar él mismo el problema, Pen se mostró dispuesta a aliviárselo.

Se deslizó por encima del cuerpo de Zach. Él vio cómo la hermosa cabellera rubia le acariciaba los muslos y le causaba tanto placer que él pensó que no se recuperaría jamás.

Sin embargo, claro que se recuperó. Lo suficiente para volver a hacerle el amor y convencerla para que se ducharan juntos. Decidió que enjabonar el cuerpo de Pen acababa de convertirse en su pasatiempo favorito.

Más tarde, ataviada con el vestido de la noche anterior, completamente arrugado, Pen tenía el aspecto de una mujer que había disfrutado de una noche de pasión. A Zach le gustaba mucho ese aspecto, lo mismo que le había agradado saber que ella no había estado con nadie desde la primera noche que compartieron juntos, no solo porque él aún no había conseguido saciarse de ella, sino también porque eso significaba que podían tener relaciones sexuales sin preservativo, que era otra cosa que le gustaba mucho hacer con ella.

Le tomó la mano y bajaron juntos la escalera. Su hermano estaba vestido con un elegante traje y a Zach no le sorprendería que estuviera trabajando, aunque fuera sábado. Zach se había puesto unos pantalones y una camisa, pero Chase llevaba hasta corbata.

Chase observó a su hermano y a Pen mientras llegaban al vestíbulo y dejó de hablar por el móvil para sonreír con complicidad.

–Buenos días, Zach. Penelope…

–Alcalde –replicó ella levantando la barbilla.

Zach la admiró por aquella actitud. A pesar de llevar la ropa de la noche anterior, de tener el cabello revuelto y las mejillas sonrojadas por la ducha de la que acababan de disfrutar, a Pen no le importaba lo que Chase pensara de que ella hubiera pasado la noche con Zach.

–Tengo una reunión dentro de quince minutos –le dijo Chase a Zach–. Tengo que marcharme

Chase se marchó de la casa y se metió en la parte trasera de un vehículo que lo estaba esperando.

–Yo también me voy a tener que marchar –comentó Pen–. Gracias por… todo.

–No me digas que tienes que trabajar hoy…

Ella se detuvo junto a la puerta y miró por encima del hombro.

–Lo de tu exesposa no va a desaparecer solo.

–Te acompañaré a tu coche…

El mozo había llevado el coche de Pen junto a la casa y estaba aparcado junto al Porsche negro de Zach. Él le abrió la puerta, pero antes de que Pen pudiera cerrarla, le robó otro beso.

–Tendrá noticias mías muy pronto, señor Ferguson.

–Espero un informe completo, señorita Brand.

Pen tenía un aspecto adormilado y adorable, tal y como era de esperar después de que él la hubiera tenido despierta toda la noche. Zach abrió la boca para decirle que no tenía prisa en conseguir que ella arreglara el asunto de Yvonne, pero se limitó a dar un paso atrás y a observar cómo ella se marchaba.

***

Una semana más tarde, Zach estaba sentado en su despacho, con Penelope al otro lado de su escritorio. Ella había acudido a Ferguson Oil para hablar de los detalles del *tsunami* Yvonne, que se estaba llevando demasiado de su tiempo.

La situación distaba mucho del modo en el que quería pasar el tiempo con Pen. Para empezar, ella estaba demasiado vestida y, en segundo lugar, su hermano estaba de pie en un rincón, con los brazos cruzados sobre el pecho.

Zach se puso en pie presa de la frustración en el momento en el que Pen dejó de hablar.

—No pienso hacerlo —dijo con voz entrecortada.

—Escúchala —le aconsejó Chase desde su posición cerca de la ventana.

—Ya la he escuchado —le espetó Zach a su hermano—. No pienso darle dinero a Yvonne.

—Zach… —empezó Pen, pero él la interrumpió.

—He dicho que no —insistió. Justo en aquel momento, su teléfono empezó a sonar. Apretó un botón—. Dime, Sam.

Su asistente personal le dio el nombre de un inversor que quería hablar con él y que estaba esperando por la otra línea.

—Dile que Zach le llamará cuando pueda —ordenó Chase lo suficientemente alto para que el asistente lo escuchara.

—Sí, señor —dijo Sam cortando la llamada.

Zach le envió a su hermano una mirada de desaprobación, pero Chase se mantuvo imperturbable. Una mirada de su hermano pequeño no le iba a intimidar.

—Escúchame —le pidió Penelope mientras se ponía de pie. Su mirada azul se entrelazó con la de él y suavizó la voz—. Yvonne ha amenazado con hacer más ruido

36

sobre vuestro matrimonio. Esto podría dañar no solo tu recién adquirida posición como presidente de Ferguson Oil sino también afectar a la tasa de popularidad del alcalde. En realidad, se trata de una suma de dinero relativamente pequeña lo que se necesita para asegurar su silencio —continuó Pen—. Todo el mundo sabe que estuvisteis casados, pero no me sorprendería que ella inventara algunas historias poco favorables a ti y que las compartiera con los medios de comunicación. Ya lo he visto antes.

—¿Y si ella no cumple el acuerdo? —le preguntó Chase.

—Tendrá que pagar a Zach diez veces la cantidad que le estamos pagando a ella por su silencio.

Chase y Zach intercambiaron una mirada.

—Si no es así —añadió ella—, será como si Zach pudiera hacerse con una máquina del tiempo y borrar todo lo ocurrido en la Capilla del Amor la Nochevieja pasada.

—No me gusta —insistió Zach.

—No tiene que gustarte. Tan solo tienes que hacerlo —afirmó Pen con delicadeza, recordándole el modo en el que gemía cuando estaban en la cama.

Cuando Zach le propuso que se convirtiera en su falsa prometida, había esperado que compartirían la cama más de una vez por semana. Pen había conseguido evitarle en ese aspecto.

—Zach —le dijo Chase, irrumpiendo en la fantasía que tenía sobre la rubia que estaba de pie frente a él.

—Está bien —accedió Zach entre dientes—. Ahora, fuera.

Chase se comportó como si la orden le resbalara.

—Tengo un almuerzo con unas personas muy importantes —dijo imperturbable—. Penelope, muchas gracias.

—De nada, señor alcalde.

Cuando Chase se marchó y la puerta estuvo bien cerrada, Zach rodeó el escritorio, agarró a Pen por la nuca y la besó apasionadamente. Ella ronroneó y cerró los ojos con satisfacción.

–¿Dónde te has estado escondiendo? –le preguntó él mientras le acariciaba el labio inferior después de que Pen se hubiera retirado demasiado rápidamente.

–He estado trabajando en tus problemas y en algunos otros.

–Espero que en nada referente a mi hermana…

–No –dijo ella mientras se colgaba el bolso al hombro y guardaba su teléfono móvil–. En los de Stefanie no. Se está comportando perfectamente.

–Cena conmigo esta noche –le pidió él mientras Pen se daba la vuelta.

Ella miró por encima del hombro. Zach observó la chaqueta blanca entallada y la falda del mismo color que ella llevaba puesta. Llevaba el cabello rubio platino recogido en una cola de caballo.

–Tengo… tengo que consultar mi agenda.

–Tienes que aparecer conmigo en público, en especial si le vamos a ofrecer a Yvonne un trato.

Yvonne creía que Zach y Pen estaban prometidos, como todos los que habían asistido a la fiesta de su hermano.

–Está bien. Una cena.

Zach se sintió orgulloso de haber conseguido un sí de la evasiva mujer que tenía frente a él. Observó el escote de la camisa azul zafiro que llevaba puesta.

–Y, después de cenar, te puedes venir a mi casa.

Ella abrió la boca, tal vez para protestar, pero sonrió muy a su pesar. Zach tiró de ella y la volvió a tomar entre sus brazos para sentir aquellos turgentes senos contra su torso.

–Te prepararé el desayuno por la mañana –le prometió–. Y después, te haré algo para comer.

Ella hizo un gesto de incredulidad con los ojos y dejó escapar una pequeña carcajada. A Zach le pareció que le estaba diciendo que sí.

–Te recogeré en tu casa a las siete.

–Tengo que trabajar hasta tarde.

Zach ya había vuelto a su escritorio.

–De ninguna manera. A las siete.

Apretó un botón para llamar a Sam.

–Haz una reserva en One Eighty a las siete de esta tarde.

–¿En One Eighty? –preguntó Pen atónita. ¿Estaba impresionada? Zach esperaba que sí.

–¿Has estado alguna vez?

–Una vez. Con un cliente del que no diré su nombre.

–¿Un hombre? –preguntó Zach sin poder contenerse.

Ella sonrió.

–¿Acaso te gustaría saberlo?

–A las siete –reiteró él.

–A las siete.

Pen salió del despacho y Zach observó cómo se marchaba. Estaba deseando verla bajo la luz de las velas. Entonces, su teléfono volvió a sonar y Sam anunció que el inversor de antes había vuelto a llamar.

Zach tomó el teléfono y para cuando volvió a levantar la mirada, Pen ya había desaparecido y su puerta estaba cerrada.

Capítulo Seis

El One Eighty se llamaba así porque tenía forma de semicírculo. El restaurante estaba en el piso ochenta y ocho de uno de los más relucientes rascacielos de la ciudad y poseía unas vistas magníficas. Pen había dejado de trabajar a las cinco, algo que no era frecuente en ella, pero tampoco lo eran las cenas con multimillonarios que fueran un tema personal en vez de ser por negocios.

–¿Qué tal están las gambas? –le preguntó Zach con cuchillo y tenedor en mano, mientras se disponía a empezar con la carne que él había pedido.

–Deliciosas. ¿Qué tal tu carne?

–Fantástica –dijo él después de probarla.

Los dos compartieron una sonrisa por encima de las velas. Una sensación muy agradable comenzó a irradiar desde el estómago de Pen hasta que pareció crear una burbuja que los envolvía a ambos. Junto a aquella sensación, surgió un pensamiento más sutil, una advertencia.

Zach le gustaba. Mucho.

La química entre ambos en la cama era innegable, pero también fuera de ella. Pen podría haberlo etiquetado de playboy, un seductor que sabía lo que decir para conseguir que una mujer se quitara la ropa. En realidad, aquello había sido precisamente lo que había hecho Zach, pero también había tratado de conseguir que formara para de su vida.

Después de lo que había pasado con Cliff, su exnovio, en Chicago, donde se había visto literalmente engañada por un seductor que sabía muy bien cómo utilizar las palabras, debería tener mucho cuidado con Zach.

Sin embargo, no era así. Tal vez era porque conocía a su hermano, el alcalde, y a Stefanie, su hermana. Tal vez por el modo en el que Zach le había pedido que fuera a cenar con él cuando podría haberla invitado directamente a su casa.

Pen habría dicho que sí a las dos cosas. ¿Lo sabía él?

Decidió seguir comiendo sus gambas, suaves, con sabor a ajo y a limón.

–Me he puesto en contacto con Yvonne para decirle que estabas dispuesto a hablar sobre…

–Penelope…

Ella se detuvo con el tenedor a medio camino entre el plato y la boca y miró a su acompañante.

–Lo siento. Es que quiero terminar con esto.

Zach entornó la mirada.

–Con Yvonne sí. Espero que con nosotros, no.

Pen no vio razón para argumentar aquel punto. El hecho era que terminaría el asunto con la exesposa de Zach y, entonces, no tendrían razón alguna para volver a verse. Sus servicios estarían disponibles para Chase o para Stefanie, pero lo que había entre Zach y Pen tenía fecha de caducidad.

«Entonces, ¿por qué estás aquí?».

Excelente pregunta.

–¿Preparaste una bolsa con lo que necesitas para esta noche tal y como te pedí?

–He traído para cambiarme de ropa, sí –dijo ella mientras tomaba un delicado sorbo de su copa.

Aunque no estaba segura de cómo definir lo que había entre Zach y ella o de saber cuánto tiempo tendrían acceso a ello, no pensaba perder la oportunidad de disfrutar de las sensuales imágenes que le proporcionarían recuerdos que le durarían toda una vida o, al menos, unos cuantos años.

–Bien. Quiero enseñarte mi casa. Creo que te gustará.

Tomó otro trozo de carne, pero la pasó antes por el puré de patatas. Era un hombre sencillo, o al menos lo parecía. Pen sacudió la cabeza mientras trataba de fusionar las dos versiones de Zach que pensaba que conocía.

–¿Por qué te marchaste de Chicago? Parecías contento allí.

–Me gustaba la ciudad y el trabajo que hacía allí más aún, pero mi familia me necesitaba, así que regresé a casa.

–¿Te refieres a Stefanie?

–No. Ella se apoya siempre en Chase –contestó con cierta tristeza–. Mi padre sufrió un ataque al corazón que requirió cirugía y una larga recuperación. Se le ordenó que no debía volver a ejercer como presidente de Ferguson Oil…

–Vaya con los médicos…

–Peor aún, mi madre –comentó él sonriendo–. Cuando mi padre se hizo a un lado, solo quedaba yo para hacerme cargo del negocio familiar. Evidentemente, Chase está muy ocupado y a Stef no le interesa la empresa.

Efectivamente, Pen no se podía imaginar a Stef dejando su vida para meterse en el negocio del petróleo, pero prefirió no decir nada al respecto.

–¿Y tú? –le preguntó Zach.

Pen se había imaginado que aquello podría ocurrir y ya había decidido que no evitaría la pregunta. Se había mostrado ansiosa por dejar atrás su vida en Chicago, pero sabía que todo se podía encontrar en Internet. Si Zach metía su nombre en Google, se enteraría muy pronto de lo que le había ocurrido con Cliff.

A pesar de todo, respiró profundamente antes de contarle la sórdida y algo vergonzante verdad.

–¿Has oído alguna vez lo de «en casa del carpintero, puerta de cuero»?

–¿Es lo mismo que «en casa del herrero, cuchillo de palo»?

–Efectivamente –comentó ella riendo–. Pues yo tuve un problema de relaciones públicas que no pude resolver.

Zach frunció el ceño. Evidentemente, no lo sabía.

–Cliff Goodman empezó como cliente. Me contrató para reparar la reputación de su negocio cuando se le acusó de prácticas deshonestas –dijo ella. Pen había creído en él dado que la investigación que había llevado a cabo había revelado que tenía una excelente reputación–. Cuando resolvimos el asunto, los dos empezamos a salir y entonces… él empezó a implicarse en mi negocio.

El rostro de Zach se oscureció. Pen apartó los ojos para mirar por la ventana. El cielo estaba completamente negro.

–Para resumir una larga historia, pasó de estar implicado a excesivamente implicado. Descubrí que se había estado reuniendo con mis clientes en mi lugar y que había estado cobrando los cheques sin reflejarlo en ningún sitio. Se marchó de la ciudad con gran parte de mi dinero después de destruir mi reputación. Yo no quería marcharme de Chicago, pero tampoco me quería quedar.

–¿Por qué elegiste Dallas?

–Una amiga de la universidad creó una empresa de cosmética orgánica. Ella vive aquí y necesitaba ayuda para mantener su reputación intacta después de un desagradable divorcio. Por lo tanto, me contrató a mí.

–Y luego decidiste quedarte.

–Así es.

Los dos guardaron silencio durante unos instantes. Pen se preguntó si él estaba pensando lo mismo que ella. Si no hubiera sido por la llamada de su amiga Miranda, tal vez Pen y Zach no se habrían vuelto a ver nunca.

–Es una preciosa ciudad –comentó Pen tras tomar un sorbo de vino, para tratar de cambiar de tema.

–Y lo es más contigo viviendo en ella…

Cuando Zach decía esas cosas, Pen se olvidaba de su pasado, de las reglas y de las dificultades personales. En realidad, se olvidaba de todo, incluida la promesa que se había hecho a sí misma de no dejar que ningún cliente se le acercara demasiado, sobre todo los hombres.

El camarero se les acercó después de que hubieron terminado sus platos.

–Señores –les dijo–, ¿les apetece uno de nuestros deliciosos postres, o tal vez una copa de oporto o un café?

–No –respondió Zach–. Tráiganos la cuenta. Mis felicitaciones al chef.

–Qué caballeroso… –bromeó ella.

–Me educaron muy bien –afirmó él. Entonces, se inclinó por encima de la mesa y, tras tomar la mano de Pen, le susurró al oído–. Esta noche tú vas a ser mi postre…

–El postre después del postre –anunció Zach apareciendo a espaldas de Pen con una copa de oporto en la mano–. Es tostado, que me gusta más. El regusto a vainilla dura mucho tiempo en la boca.

Pen aceptó la copita y un beso en la mejilla. Zach rodeó el enorme sofá de cuero marrón. Iba completamente desnudo.

Pen tampoco llevaba nada puesto, pero se había acurrucado con una manta que había encontrado sobre el respaldo, una manta que levantó para incluir a Zach. Él aceptó y comenzó a acariciarle un seno mientras le daba un tierno beso en los labios.

Habían entrado en el enorme apartamento corriendo y se habían desnudado en un tiempo récord. En realidad, Pen aún no había visto el dormitorio, pero sí el cuarto de baño. El apartamento de Zach era muy masculino en su decoración, con paredes de ladrillos al descubierto, apliques de metal para las luces y muebles en tonos marrones y grises. El resultado final parecía más industrial que rústico, pero tenía calidez.

Ella le dio un sorbo al dulcísimo vino y saboreó la vainilla que Zach había mencionado mientras observaba con cierta desolación el rastro de ropa y zapatos que había por todas partes.

–Tienes un apartamento muy bonito.

–Gracias.

–¿No tienes la mansión que corresponde a un millonario?

–No. Eso es más el estilo de Chase.

–¿Y Stef? ¿Vive ella en un apartamento o en una mansión con caballos y veintidós cuartos de baño?

–Verás, crees que estás siendo muy lista, pero la casa de mis padres tiene veintidós cuartos de baño.

–Lo sé –comentó ella tras tomar un sorbo de vino–. Los tuve que investigar y su casa salía en *Architectural Digest*. Es increíble.

–Es ridículo, pero a mi madre le gusta redecorar. Con más de tres mil cuatrocientos metros cuadrados, nunca le falta algo que pintar o decorar. Además, sus preferencias cambian constantemente.

Zach se reclinó en el sofá y le rodeó los hombros a Pen con un brazo. Ella se acurrucó contra él y Zach ajustó la manta para cubrirlos bien a ambos.

–¿Te llevas bien con ellos?

–Me llevo bien con ellos. Bromeo sobre la frivolidad de mi madre, pero es una mujer estupenda. Mi padre cayó enfermo y detuvo su mundo para ocuparse de él.

–¿Cómo está ahora?

–Bien, pero echa de menos el beicon y las salchichas.

45

–¿Y la carne?

–Estamos en Dallas, cielo. Los hombres comen carne.

–Claro. Que Dios te impida hacer algo tan afeminado como no comer carne –comentó ella con una sonrisa.

Zach comenzó a besarla y el beso duró algo más de lo que pretendió ninguno de los dos.

–Me alegro de que te hayas traído lo que necesitas para pasar la noche, Penelope Brand.

Ella sintió que se le aceleraba el corazón cuando Zach dejó a un lado su copa y le quitó la suya. Los insistentes besos empezaron a cubrirle los labios, la garganta y la clavícula. Cuando llegó al vientre, hizo que Pen se tumbara.

Entonces, le hizo levantar una pierna. Se la colocó sobre el hombro y le preparó el postre.

Una vez más.

Capítulo Siete

–Cuéntamelo todo –le dijo la alegre voz de Miranda a través del altavoz del teléfono.

Pen había llamado a su amiga para darle las gracias por la generosa cesta que acababa de recibir. Sacó un lápiz de labios y lo abrió para examinar el bonito color rojo que tenía.

–Me encanta el lápiz de labios. «Red Rum» –dijo Pen leyendo la etiqueta.

–Se trata de un carmín de larga duración que no se ha probado en animales y que es orgánico al cien por cien. Ahora, si no me cuentas todo sobre el hombre con el que te llevas acostando un mes, voy a ir a tu despacho con instrumentos de tortura.

Pen se echó a reír ante la colorida descripción de su amiga. Le había hablado sobre Zach de pasada.

–Se suponía que era solo una noche y luego no nos vimos en dos semanas –dijo Pen mientras colocaba la cesta sobre el sofá–, pero cuando lo vi en la fiesta del alcalde… Bueno, no pude apartar la mirada de él.

–¡Y terminaste comprometida! Es un cuento de hadas. ¡Es una fantasía!

En realidad, era todo mentira, pero Pen tenía que mantener la fachada delante de todo el mundo.

–Sí, me sorprendió mucho –comentó. Eso al menos era verdad.

–Estoy segura de ello. Zachary Ferguson es un bombón, si no te importa que te lo diga. Debe de haberte enganchado bien para que te hayas dejado atrapar tan pronto.

–Sí.

Pen no quiso decir nada más para no tener que seguir mintiendo.

–Escucha, muñeca, te tengo que dejar. Estamos trabajando en la línea de primavera y tengo una cita.

–Gracias de nuevo por el regalo.

–De nada. Espero una invitación de boda.

Pen abrió la boca para realizar una promesa que sabía que no podría cumplir, pero, por suerte, Miranda ya había colgado. Con un suspiro, apartó algunos trocitos de papel rosa que se habían utilizado para envolver la cesta.

La agenda de mayo no estaba tan llena como le habría gustado, pero tenía unas cuantas llamadas que hacer. Comprobó la lista de mensajes que había escrito para devolver el lunes, pero que aún no había tenido oportunidad. Y ya era viernes.

Estaba terminando de marcar el número de Maude Braxton cuando vio un pequeño corazón rojo bajo la fecha del lunes. Entonces, frunció el ceño.

Llevaba tomando anticonceptivos desde que era adolescente a causa de sus irregulares periodos y, desde que los tomaba, su regla era siempre muy puntual.

Volvió rápidamente al mes de abril y localizó el corazón rojo. Entonces, contó los días que habían transcurrido.

Tenía un retraso de cinco días. Cinco días.

–Dios mío… –dijo. Se le había formado un nudo en el estómago. ¿Sería posible que estuviera…? No. Imposible. Estaba tomando la píldora. A sus treinta y pocos años, era normal que se hubiera producido algún retraso. Tenía que haber una explicación perfectamente entendible. Estrés. Sin embargo, cuando volvió al mes de abril, vio el nombre de un club de jazz anotado a las ocho de aquel día y, entonces, se le ocurrió otra explicación.

Aquella era una explicación aún mejor para que no le hubiera venido el periodo.

Casi sin saber lo que hacía, se puso de pie y sacó el bolso de detrás de la cesta que le había enviado Miranda.

Se marchó a comprar una prueba de embarazo.

El vino de Penelope permanecía intacto frente a ella, pero no había encontrado el valor para rechazarlo y levantar las sospechas de Zach, a pesar de que se encontraba allí precisamente para decirle que era el padre del bebé que Pen estaba esperando. Había conseguido evitarlo todo el fin de semana, lo que no le había resultado nada fácil, pero había necesitado estar sola para poder asimilar la verdad: a pesar de estar tomando la píldora, aquella noche después del club de jazz, uno de los pequeños espermatozoides de Zach había alcanzado su objetivo.

–Tengo una cena benéfica el viernes. Ven conmigo –le dijo Zach. Estaba sentado al borde del sofá, en vez de estar junto a ella. Por una vez, Pen agradeció el espacio–. Chase y varios de los peces gordos que asistieron a su fiesta de cumpleaños estarán allí. Será una buena oportunidad para que establezcas contactos. Además, ahora que se ha solucionado todo el tema con Yvonne, es bueno que nos vean juntos.

–De acuerdo…

Pen sabía que él tenía razón. Si, de repente, el compromiso terminaba justo cuando todo el tema de Yvonne se había solucionado, nadie se creería que había sido real. Además, pronto tendrían que anunciar que Zach había dejado embarazada a su futura esposa… y después que, después de todo, no iba a haber boda.

Dios. Aquello era una pesadilla.

Tal vez no tenía por qué decírselo aquel día precisamente. Le faltaban más de cuatro semanas para que el embarazo se empezara a notar. ¿Por qué no limitarse a evitar a Zach hasta entonces? Y a los periodistas, y a los eventos públicos…

No tardó en darse cuenta de que no era un plan muy práctico.

De lo único de lo que estaba segura era de que iba a tener al bebé y que se lo iba a quedar. Su embarazo era inesperado, sí, pero Penelope creía que todo en la vida ocurría por alguna razón. Si el destino había decidido que ella tenía que ser madre, estaba dispuesta a aceptarlo. Tan sencillo y aterrador como eso.

Mientras Zach tomaba su cerveza, no hacía más que mirar la copa de vino intacta de Pen. No había manera de posponer aquella conversación. Tenía que comportarse del modo más maduro posible y decirle la verdad.

Se concentró hasta que encontró en su pensamiento el discurso que había estado practicando frente al espejo del cuarto de baño de su despacho antes de reunirse con él aquella noche. Era breve e iba al grano.

–Estoy embarazada.

Zach se quedó completamente rígido. La sangre le hacía zumbar los oídos, por lo que la voz de Pen sonaba como si estuviera a un kilómetro de distancia.

–Lo descubrí el viernes por la noche y no pude decírtelo durante el fin de semana porque primero tenía que decidir lo que quería hacer. Ya lo he decidido.

–¿Qué quieres decir? –le preguntó él sin transmitir sentimiento alguno en la voz.

–Lo que quiero decir es que voy a tenerlo. Como es tu hijo, decidí que ocultártelo no era una buena opción. Nacerá en el mes de diciembre, justo antes de Navidad.

Zach había dejado a un lado su cerveza y se había puesto de pie. Ya no podía seguir sentado. Con aquellas palabras, Penelope había cambiado radicalmente su futuro. El futuro de toda su familia. Y todo ello en el espacio de unas pocas semanas.

–Hace poco más de dos semanas desde la fiesta de

mi hermano. ¿Cómo puedes saber tan pronto que estás embarazada?

–Hace cuatro semanas desde que tuvimos relaciones sexuales por primera vez, Zach –replicó ella ruborizándose.

¿La primera vez?

Maldición…

Zach asintió. La noche del club de jazz. La noche que la devoró de la cabeza a los pies. La noche que pensó que no la volvería a ver.

Se pasó una mano por el rostro. Se encontraba en estado de shock y todo parecía dar vueltas a su alrededor. Sus pensamientos iban desde la excitación al deseo de acusarla de intentar quitarle su dinero como su exesposa.

Sin embargo, recordó que estaba hablando de Penelope. Incluso aunque no hubiera confiado en ella, lo que no era así, estaba el significativo detalle de que ella no sabía quién era él ni el dinero que tenía la noche que lo invitó a su apartamento.

–Tengo un plan –dijo ella.

–Un plan…

–Sí. Soy una experta en relaciones públicas, Zach. Por eso tengo un plan –afirmó. Golpeó repetidamente el sofá a su lado. Zach se sentó, pero no justo en el mismo sitio. Entonces, se terminó la cerveza de un trago. Además, decidió que también podría tomarse el vino de Pen–. Es sencillo. A lo largo de las próximas dos semanas, se nos verá juntos. Entonces, emitiremos conjuntamente una nota de prensa en la que anunciaremos que no vamos a criar juntos al bebé. Incluso podríamos decir que éramos amigos y que yo quería tener un hijo, pero tú no y que…

–No.

–No espero que te hagas cargo de un bebé. Eres el presidente con una importante carrera. Lo que teníamos…

–Tenemos.

–¿Perdona?

–Lo que tenemos. Presente simple.

–Lo que tenemos es una relación sexual intermitente.

–Hasta hace cinco minutos, eso era cierto.

–Te aseguro que no quería que ocurriera esto.

–Ya somos dos.

–He venido aquí para asegurarte que no busco tu dinero –dijo ella poniéndose de pie. Zach se levantó también–. Hay muchas madres trabajadoras que consiguen criar a un bebé en solitario. Ciertamente, yo no necesito tu dinero para hacerlo.

–Esto no es un desafío. No dudo de que seas capaz de hacer lo que decidas hacer, pero quiero que sepas una cosa –afirmó mientras le agarraba la barbilla con el dedo índice y pulgar–. Mi hijo está creciendo en tu vientre y es importante para mí. No me voy a apartar…

–Por supuesto, yo nunca te negaría el derecho a verlo o a mantener a tu hijo, Zach. Simplemente estaba sugiriendo que no sería un estorbo.

–¿Un estorbo para quién, Penelope?

Pen no tuvo que responder a aquella pregunta para que Zach supiera que no quería ser un estorbo para él.

Zach bajó la cabeza y la besó, profundizando el beso y volviéndola a reclamar como suya una vez más. Pen no iba a conseguir escabullirse de su lado en un futuro próximo.

De hecho…

Se inclinó y la tomó entre sus brazos sin romper el beso mientras se dirigían hacia el dormitorio. Con o sin bebé, Zach se había decidido a mantener a la rubia que tenía entre sus brazos mucho antes de aquel anuncio sorpresa. Con su declaración, Pen le había dado una razón más para tratar de convencerla de que se quedara a su lado.

Capítulo Ocho

Penelope no sabía que la subasta benéfica a la que Zach la había invitado sería en casa de los padres de él hasta que llegaron a la mansión. Era gigantesca. Pen la había visto por internet, pero nunca había visto más de tres mil cuatrocientos metros cuadrados de casa en directo. La mansión era casi como una pequeña localidad.

–Vaya… Es impresionante… ¿Creciste en esta casa? –le preguntó a Zach. Los dos iban sentados en el asiento posterior de una limusina.

–No. Compraron esta casa hace unos siete u ocho años. Nosotros crecimos en una casa muy grande, pero no tanto como esta.

El conductor detuvo el coche y un asistente fue a abrirles la puerta. Pen aceptó la mano que él le ofrecía para descender. Después, ofreció la misma mano a Zach.

El esmoquin que llevaba puesto era como el que había llevado a la fiesta de cumpleaños de Zach, pero iba todo de negro, camisa y pajarita incluidos. La oscuridad hacía que su piel reluciera y que los brillantes ojos verdes produjeran un hipnótico contraste.

–Si me sigues mirando de ese modo, tendré que llevarte a uno de los dormitorios privados –murmuró él.

Pen debía de haber protestado, pero no lo hizo. En realidad, encontrar un dormitorio le parecía una idea excelente.

La subasta se iba a celebrar en el salón de baile. Por el camino, se reunieron con todos los asistentes, que iban avanzando por los pasillos de mármol, alineados de pinturas y esculturas muy valiosas.

Cuando por fin entraron en el salón, donde la subasta ya se estaba celebrando, Pen no sintió que las mariposas le atenazaban el estómago. Fue justo en el momento en el que Zach dijo:

–Ahí está mi madre, pero antes de que se me olvide, esto es para ti.

Zach se metió la mano en el bolsillo y sacó un pequeño objeto de metal. Se trataba de un enorme diamante cuadrado rodeado de diamantes más pequeños. Pen se quedó boquiabierta. El anillo era muy hermoso.

–Zach…

No pudo seguir hablando porque Zach le levantó la mano y se llevó los nudillos hasta los labios para darle un beso en ellos y en el anillo.

–Ahora ya no parece que no estás prometida por no llevar anillo, ¿verdad?

–Supongo que no.

–Vamos a saludar.

Zach le ofreció el brazo derecho y Pen se agarró a él tratando de no observar el imponente diamante que llevaba en la mano.

–Eleanor Ferguson –dijo cuando llegaron por fin junto a su madre–, aquí hay una persona a la que me gustaría que conocieras.

Eleanor se dio la vuelta. Tenía un martini en la mano, cubierta también de imponentes diamantes. Su cabello rubio estaba elegantemente peinado.

–Supongo que eres Penelope –repuso ella. Pen asintió–. Te ruego que me llames Elle. Es maravilloso conocer por fin a la mujer que le ha robado el corazón a Zach.

No había nada falso en su sonrisa, pero, a pesar de todo, a Pen le pareció que la reacción de la madre de Zach no era muy sincera.

–¿Dónde está papá?

–Junto a los entremeses –contestó él haciendo un gesto con los ojos, que eran del mismo color verde que los de Zach–. Desde que le dio el ataque al corazón, le hago comer saludablemente, pero, en el momento en el que lo pierdo de vista, se pone hasta arriba de canapés.

Elle señaló a un hombre muy alto, de cabello blanco, que estaba limpiándose los labios con una servilleta. El padre de Zach no parecía ser un hombre que hubiera sufrido un ataque al corazón. Observó a Penelope atentamente cuando los dos se acercaron a él.

–Hola, hijo.

–Penelope Brand, este es mi padre, Rand, aunque todo el mundo lo llama Rider.

–Las chicas guapas como tú me pueden llamar como quieran –comentó él con voz profunda antes de darle a Pen un beso en la mano–. Enhorabuena por tu compromiso con Zach. Parece que ha elegido mucho mejor la segunda vez.

–¡Rand! Vamos –le regañó Elle–. Ha sido un placer conocerte por fin, Penelope. Zach, tu hermano te estaba buscando antes. Si lo ves, dile que traiga a su acompañante para que la conozcamos también. Está siendo algo maleducado.

Los padres de Zach entrelazaron los brazos y se marcharon. Penelope pudo respirar por fin a gusto.

–Son algo intensos –dijo.

–¿Sí? –preguntó Zach–. La frase favorita de mi madre es «algo maleducado» por cierto, así que no dejes que eso te alarme.

A pesar de todo, la mujer no le había causado muy buena impresión a Pen.

–¿Qué te apetece beber?

–Algo transparente y con burbujas –contestó. Tristemente, le habría sentado muy bien una copa de champán.

–¿Agua con gas?

–Con un poco de lima.

–Menos mal. ¡Stef! –exclamó él. Resultaba evidente que no se sentía cómodo en aquel encorsetado ambiente. De hecho, Pen se moría de ganas por salir al exterior a respirar aire fresco.

–Hola, chicos –dijo Stefanie mientras se acercaba a ellos con un vestido fucsia y el cabello recogido de una manera muy espectacular. Sonrió e indicó el martini que tenía en la mano–. Tienes que probar uno de estos, Penelope. Es de lo mejor que he probado nunca.

–Pen no va a tomar alcohol esta noche. Quédate un momento con ella mientras voy a por un poco de agua con gas para ella.

–¿Agua con gas?

–Sí. Es que hoy no me encuentro muy bien.

Era la verdad. Pen se había levantado con náuseas aquella mañana.

–No estás demasiado pálida, así que algo es algo –comentó Stefanie.

Pen decidió cambiar de tema para evitar que Stefanie terminara dándose cuenta de lo que ocurría.

–He oído que tu hermano mayor ha venido acompañado.

Por suerte, Stef comenzó a mirar a su alrededor, buscándole.

–Así es. Ya me la ha presentado. Es una estirada como él.

Pen los vio en aquel preciso instante. Se trataba de una mujer delgada, de cabello oscuro. Él estaba hablando con sus padres en aquellos momentos, por lo que ya no tenían que decirle que estaba siendo «algo maleducado».

–¿Has pujado por algo?

–Por lo del balneario –contestó Stef–. Y por ese cuadro horrible de la derecha –añadió, señalando una pintura.

Pen soltó una carcajada antes de que pudiera evitarlo.

–Me gustas, Penelope –dijo Stef con sinceridad–. Si alguien va a pasar a formar parte de esta familia, me alegro de que seas tú. Zach no ha tenido siempre tan buen gusto.

–¿No? A ver si lo adivino. El completo playboy…

–Tiene buen corazón, pero la mayoría de las mujeres no llegan a verlo. En cuanto a Yvonne y esa boda en Las Vegas… ¿Qué quieres que te diga?

–Resulta curioso que se casara con ella.

–Me dijo que casarse le parecía divertido –observó Stefanie–, pero más o menos esa es la descripción que él hace de la vida, ¿no te parece? Si suena divertido, ¿por qué no probarlo?

Penelope sintió que se le hacía un nudo en el estómago. Casi sintió náuseas. Lo que Stef acababa de decir era cierto. Pen lo había visto con sus propios ojos. Zach la había presentado como su prometida la noche de la fiesta de Chase porque sonaba divertido. Se habían acostado juntos la primera noche y varias noches después, porque sonaba divertido. De hecho, Pen se divertía mucho estando con Zach. Su mundo era reluciente y vibrante, algo de lo que ella anhelaba para su propia vida.

Desgraciadamente, la diversión se había convertido en un bebé que nacería a finales de año. La diversión se había convertido en un ser humano y un bebé no era algo que se buscara porque sonara divertido. ¿Le daría él la espalda a su hijo o hija si no encajaba en su estilo de vida divertido? ¿Había cometido Pen un error al permitir que él la convenciera para que siguiera a su lado?

–Pen, no tienes buen aspecto –le dijo Stef preocupaba.

El mundo había empezado a dar vueltas a su alrededor. Se dio la vuelta y vio que Zach se acercaba a ellas con una copa en cada mano. Lo último que recordó después fue que él dejó caer las dos copas al suelo para ir corriendo hacia ella justo cuando su mundo se teñía de negro.

Capítulo Nueve

La expresión de preocupación de Zach fue lo primero que Pen vio cuando abrió los ojos. Se tocó la frente porque notaba algo húmedo sobre ella y se quitó un trapo negro.

Zach se lo arrebató enseguida.

—Stef, ¿te importaría humedecer esto de nuevo?

Stef se apresuró a ayudar. Regresó unos segundos más tarde con un trapo mucho más fresco, que Zach volvió a aplicarle en la frente a Pen.

—Nada de tacones altos en lo sucesivo –le dijo él.

—Déjala en paz –le recriminó Stef. Tenía una botella de agua en las manos–. Toma un sorbito, Pen.

Zach la ayudó a incorporarse para que pudiera beber de la botella. Se sentía mucho mejor. Estaba en un enorme salón repleto de sofás y de mesitas de café.

—Te has desmayado. ¿Has comido algo hoy? –le preguntó Zach con voz algo enojada, aunque su innata ternura delineaba todas las palabras.

—He comido un poco –murmuró Pen. Sacó los pies del sofá y los puso sobre el suelo. Los pies desnudos–. ¿Dónde están mis zapatos?

—Te llevaré a la limusina en brazos. No te vas a poner esas cosas otra vez.

—Claro que sí. Puedo ponerme zapatos de tacón igual que sin ellos. Mejor, de hecho.

—Después de un tiempo, resulta de lo más natural –comentó Stef–. Se preocupa demasiado por ti…

—Tenemos que ir a ver al médico –dijo Zach mientras se levantaba. Había estado arrodillado en el suelo–. Tenemos que asegurarnos de que todo va bien.

–¡Se ha mareado un poco! No le pasa nada –exclamó Stef mientras hacía un gesto de desesperación con los ojos y le daba un bocado a algo que parecía ser un sándwich de jamón.

Pen sintió que la boca se le hacía agua. Literalmente, se relamió.

–¿Quieres la mitad? –le preguntó Stef mientras le ofrecía el plato–. Había demasiada comida elegante ahí fuera por lo que fui a la cocina y me hice un bocadillo de jamón y queso.

–Te puedo traer lo que quieras de ahí fuera, Pen. No tienes que… –protestó Zach.

–Si no te importa –replicó ella. Aceptó el plato que Stef le ofrecía y, en un abrir y cerrar de ojos, se tomó la mitad del sándwich–. Muchísimas gracias.

Zach le quitó el plato.

–¿Mejor? –le preguntó.

–Mucho mejor –respondió ella mientras se tomaba el resto del agua.

–Supongo que se nos olvidó lo de que hay que comer por dos, ¿verdad?

–¡Dios mío! –exclamó Stef–. ¿Estáis embarazados? ¡Estoy tan emocionada! ¡Voy a ser tía!

–Stef, aún no se lo hemos dicho a nadie –le espetó Zach.

Su hermana guardó silencio inmediatamente e hizo el gesto de cerrarse la boca con una cremallera. Sin embargo, cuando miró a Pen, dio palmadas silenciosas en el aire.

–Voy a llevarte a casa –anunció Zach–. A mi casa, donde te vas a quedar.

Hizo guardar silencio a Pen con una mirada de impaciencia antes de que él saliera del salón.

–¡Qué mandón es! –exclamó Stef mientras se terminaba su mitad de sándwich y se sacudía la falda del vestido como si llevara puestos unos vaqueros en vez de un Carolina Herrera.

–¿Qué significa eso de «donde te vas a quedar»? –le preguntó Pen a Stef.

–Mientras estabas inconsciente, Zach dijo que te iba a pedir que te mudaras con él –dijo Stef mientras observaba la puerta por la que él había desaparecido–. Supongo que esa ha sido su manera de pedírtelo.

–Estás reaccionando de manera exagerada –le dijo Penelope a Zach mientras él iba desde el sofá a la cocina el lunes por la mañana.

Pen se había pasado el sábado por la noche y el domingo en su casa, pero estaba deseando marcharse a su casa. A pesar de que él había pasado por el apartamento de Pen para recoger algo de ropa, y zapatos, ella estaba deseando dormir en su cama. Además, como ya era lunes, estaba dispuesta también a marcharse a trabajar.

Él regresó al salón con una humeante taza entre las manos.

–El médico dijo que muchos líquidos y que el poleo menta te ayudaría, siempre y cuando no lo tomes con mucha frecuencia –dijo. Colocó la taza frente a ella, sobre una mesita, donde le había colocado el mando a distancia, unos libros, revistas y un plato de queso con galletas saladas.

El médico había ido a verla el sábado por la mañana y le había dicho que todo parecía ir bien, aunque le gustaría que Pen fuera a su consulta para realizar una ecografía, aunque le sacó sangre para realizar análisis.

Zach le colocó una manta sobre las piernas, pero Pen la apartó con una carcajada.

–Casi estamos en junio, Zach. No necesito manta. No tengo gripe. Solo náuseas y te aseguro que no voy a permanecer sentada aquí cuando tengo tanto trabajo que hacer.

–Claro que sí.

–No.

Pen se puso de pie y Zach dio un paso hacia ella. El salón empezó a dar vueltas, por lo que tuvo que agarrarse a los brazos de él para conseguir mantenerse en pie. Los fuertes brazos de Zach la sujetaron también. Tenía los ojos llenos de preocupación.

—Pen…

—Está bien. Descansaré, pero solo hoy. Voy a limitarme a contestar correos y tal vez unas cuantas llamadas.

Zach sintió que había perdido la batalla, por lo que prefirió no discutir. Entonces, vio que Pen hacía ademán de tomar un poco de poleo y de comer una galleta.

—El médico dijo que las náuseas irían remitiendo poco a poco. No estarás así todos los días.

—Gracias —dijo ella sinceramente.

Sabía todo lo que el médico le había dicho, pero Zach la había convertido en su máxima prioridad y resultaba… realmente agradable. Él la estaba cuidando y, como una mujer que llevaba sola desde que se había empezado a quedar en casa sola a la edad de once años, no estaba acostumbrada a que nadie cuidara de ella.

—He hecho que traigan el almuerzo y la cena. Las comidas están preparadas en el frigorífico. Lo único que tienes que hacer es quitar la tapa y comer. ¿Crees que estarás bien mientras me marcho a trabajar?

—Claro que sí. Vete.

Ella le empujó ligeramente para que se marchara y Zach le robó un beso. Entonces, se marchó.

Pen se reclinó en el sofá y encendió la televisión. Se tomó la infusión y logró mantener en el estómago las galletas e incluso un poco de queso. Decidió que tal vez debería dormir un rato. Como su cuerpo se negaba a cooperar, le vendría bien un descanso.

La mente de Zach estaba a millones de kilómetros de distancia de su trabajo y de la reunión en la que se encontraba en aquellos momentos. No podía dejar de pensar en Penelope y en el susto que ella le había dado la noche de la subasta benéfica en casa de sus padres. Desde aquel momento, se había asegurado que ella tuviera todo lo que necesitara al alcance de la mano.

Su teléfono móvil vibró y se aferró a aquella interrupción como si le hubieran salvado la vida. Se puso de pie y miró la pantalla. Stefanie. Le valía.

–Continúen sin mí. Celia, si no le importa enviarme por correo electrónico las notas, se lo agradecería –dijo. Entonces, se dirigió a la puerta mientras se llevaba el teléfono móvil a la oreja–. Zachary Ferguson.

–¡Qué formal! Me encanta…

–Tenía que mantener las apariencias para los de la reunión. ¿Qué ocurre, Stef?

–Voy a preparar una fiesta nupcial para tu futura esposa –respondió ella haciendo que Zach se detuviera en seco–. No sabía si, para cuando se la haga, deberíamos incluir también una fiesta para el bebé. ¿Qué te parece?

Zach se dirigió a su despacho y cerró la puerta.

–Nada de fiestas. No queremos darle mucho bombo y platillo a todo esto.

–De eso nada. Eres un Ferguson y nosotros hacemos las cosas a lo grande. Voy de camino a la floristería para realizar una consulta para una cena benéfica que está organizando mamá, pero pensé preguntar por las flores para la boda ya que estoy allí. ¿Cuándo será la boda?

–Ni tenemos fecha de boda ni queremos fiestas.

–Bueno, pues mejor que la vayáis eligiendo porque ese bebé tiene fecha de entrega y me da la sensación de que no la va a cambiar porque vosotros estéis o no casados.

Zach palideció. Cuando se comprometió con Pen, jamás creyó que terminaran casándose. Incluso con un bebé en camino no había planeado casarse con ella, pero tampoco había considerado que todo el mundo esperara que lo hicieran oficial, sobre todo cuando había un bebé que llevaría el apellido Ferguson.

–Tengo que dejarte. *Ciao!*

Stefanie le colgó el teléfono. Él buscó el calendario en su móvil y miró el mes de mayo.

Su hermana tenía razón. Su bebé venía tanto si había fecha de boda como si no. Si Pen y él no se casaban, dentro de unas pocas semanas tendrían que anunciar un embarazo y también la decisión de que no iban a casarse.

Resultaba anticuado pensar que se tenían que casar porque estuvieran esperando un bebé, pero sus padres así lo desearían, en especial después de que se hubieran enterado de que se había casado con Yvonne siguiendo un impulso.

Sin embargo, nadie sabía la verdadera razón que había tenido para casarse con Yvonne. La razón era porque, años atrás, había estado enamorado de verdad. Sí. Entonces, tenía tan solo veintiséis años, pero había estado seguro de que Lonna era la mujer de su vida. Ella tenía cuatro años más que él y había consumido su mundo y lo había puesto patas arriba.

Habían estado saliendo un año y, el día de su aniversario, estaban sentados el uno frente al otro en la terraza de un bar, cuando Zach le pidió que se casara con él.

Le recitó un discurso en el que le decía lo mucho que la amaba, que era la única para él y prometiéndole que pasaría el resto de su vida a su lado.

Aquella tarde, Lonna tenía también algo que decir. Había acudido a la cita para romper con él. Ella se había preparado igualmente un discurso en el que le decía que no se veía con él ni un día más porque no podía seguir mintiéndole. No lo amaba.

De hecho, le dijo que no lo había amado nunca.

Zach creyó que jamás superaría aquel golpe. Por suerte, había mantenido la relación en un perfil muy bajo, diciéndole a sus padres y amigos que tan solo estaban saliendo. Después de la ruptura, decidió evitar hablar del tema. Evitaba las preguntas, no confiaba en nadie y lloraba en privado.

Entonces, decidió que aquella sería la última vez que alguien lo humillaba. Dio carpetazo a su vida anterior y empezó una nueva lejos de Dallas.

En aquellos momentos, debía tomar una decisión. Sobre el matrimonio y sobre el futuro con Penelope.

Fuera lo que fuera lo que suponían esos planes futuros, una cosa estaba clara: iban a tener un bebé, pero Zach se negaba a enamorarse.

Ni en aquel momento ni nunca.

Capítulo Diez

Pen no estaba segura de lo que había ocurrido, pero después de pasarse horas tomando poleo menta y de ver estúpidos programas de televisión, no lo pudo aguantar más.

Se duchó y se puso su traje de chaqueta y pantalón favorito, que era, por supuesto, blanco. Después se calzó unos zapatos de altísimo tacón y se marchó en taxi a su despacho tras llamar a un número de teléfono que encontró sobre la puerta del frigorífico de Zach.

Había contestado todos los correos electrónicos y había realizado todas las llamadas que había podido desde su teléfono móvil. Se dijo que iba a su despacho tan solo a recoger su ordenador, pero, dado que estaba allí, decidió quedarse. La idea de sentarse frente a su escritorio y colocar las manos sobre el teclado era demasiado tentadora como para poder resistirse.

Además, el bebé decidió permitirle mantener dentro del estómago lo que había ingerido, por lo que decidió aprovecharse de aquella tregua.

Dos horas más tarde, tras terminar de redactar un correo, se levantó para volver a llenar su botella de agua. Al abrir la puerta del despacho, cuando se encontró frente a frente con Zach, que llevaba en la mano una bolsa con comida y un gesto de desaprobación en el rostro.

–¡Hola, Zach! –exclamó ella haciéndose a un lado para dejarle pasar–, ¿cómo has sabido dónde encontrarme?

–Me lo dijo Tony.

El taxista.

–De acuerdo. Bienvenido a mi humilde despacho.

Zach no miró a su alrededor. Se limitó a dejar la bolsa de papel sobre el escritorio para seguir observándola con desaprobación.

–No estás en mi casa.

–Correcto –dijo ella con una sonrisa.

–Ni te has tomado la comida que te dejé en el frigorífico.

–Iba a comprarme un sándwich en el puesto que hay en el vestíbulo –dijo. Se había concentrado tanto en su trabajo que se le había olvidado comer.

–Ahora ya no tienes que hacerlo.

–¿Acaso te da la impresión de que soy incapaz de alimentarme sola? –le preguntó ella con una dulce sonrisa.

–No te pases de lista. Es mi responsabilidad tratar de que tengas buena salud, dado que esta situación ha sido causada por mí al cincuenta por ciento.

–¡Ja! De eso nada. Yo soy responsable por mí misma y espero que no estés sugiriendo que necesitas asegurarte de que estoy comiendo por dos porque estoy descuidando la salud de nuestro bebé.

–Yo no estoy sugiriendo nada. Te estoy diciendo que lo de ser padre, para mí, empieza aquí mismo.

Pen miró la bolsa. En realidad, era muy amable por su parte. Un poco machista, pero amable, al fin y al cabo. Agarró la bolsa y miró en su interior.

–Has traído suficiente para dos. ¿Te vas a quedar?

Pen rascó el fondo del bol de ensalada con el tenedor de plástico para rebañar bien el aliño de miel y mostaza y los arándanos. Cerró los ojos mientras comía y luego los abrió para mirar a Zach. Él se alegró de ver que el color había regresado de nuevo al rostro de Pen.

–Gracias –dijo ella–. Estaba delicioso.

–¿Quieres el resto de lo mío?

Los ojos de Pen se iluminaron.

–¿De verdad?

–Sí, de verdad.

Ella aceptó de buen grado el sándwich que Zach le ofreció y se lo tomó con gran apetito. Mientras se limpiaba la boca con una servilleta, Zach recogió todos los envases y los metió en la bolsa de papel para dejarlos en la basura al marcharse.

–Resulta agradable tener apetito –dijo ella mientras tomaba un poco de agua de la botella que Zach le había rellenado–. Debe pasarse a media tarde.

El aviso del correo electrónico anunció la llegada de un nuevo mensaje. Tenía que ser la sexta o séptima vez desde que se habían sentado a comer. Pen se levantó para comprobarlo y Zach se levantó con ella y le colocó una mano alrededor de la esbelta cintura.

–Son más de las cinco, Pen. Ya es hora de marcharse a casa.

–Déjame solo que mire de qué se trata…

Zach no le soltó la muñeca y tiró de ella para unir sus labios a los de ella.

–No –susurró–. Recoge tus cosas y te llevaré a tu casa.

–Está bien –cedió ella. Apagó el ordenador y se metió el portátil en una bolsa, junto con otros archivos y una agenda–. Si pudieras enviarme mis cosas a mi casa, te lo agradecería. Hay algunas prendas que me gustaría tener a mano para esta semana.

–Tu casa es mi casa, Penelope –afirmó él mientras recogía la basura y abría la puerta.

–No, me voy a mi casa.

–De eso nada.

–¡Zach! –exclamó ella.

Él la miró de la cabeza a los pies hasta llegar a los zapatos que debería haber tirado en vez de dejar escondidos en su armario.

–Llevas puestos los zapatos que te dije que no te pusieras –gruñó.

–Estamos en un país libre.

–Te vienes a mi casa –reiteró él. No podía arriesgarse a que ella se cayera con aquellos zapatos o se olvidara de comer. No quería ni pensar en que ella estuviera sola si volvía a sentir náuseas cuando llegara la mañana. Quería que Pen estuviera a salvo. La quería con él–. No hay más discusión.

–No puedes mantenerme prisionera, ¿sabes?

Pen era muy testaruda. Zach dejó caer la bolsa y estrechó a Penelope contra su cuerpo. La besó profundamente, deslizándole la lengua entre los labios. Le agradó ver que la mano que ella tenía libre pasó de empujarlo a agarrarle con fuerza la camisa para tirar más de él. El gozo se apoderó de él cuando los labios de Pen comenzaron a responder y la lengua a bailar con la suya.

Para terminar el beso, Zach la besó delicadamente una, dos veces, y se aseguró de que ella se sostenía sobre aquellos finos tacones antes de soltarla.

Volvió a recoger la bolsa y sonrió. Ella tenía el cabello alborotado, la chaqueta descolocada y los labios enrojecidos e hinchados por sus besos.

–Está bien, vamos a tu casa –dijo ella–, pero solo porque en mi casa no hay nadie que me bese de esa manera –añadió por encima del hombro, mientras los dos se dirigían al ascensor.

–¿Prometida? –exclamó la madre de Penelope contra el teléfono.

Penelope sabía que la noticia sorprendería a su madre. Esta sabía que Pen había jurado mantenerse alejada de los hombres desde lo que le ocurrió en Chicago.

Paula Brand siempre había sido una mujer muy ocupada. Cuando Penelope era una niña siempre es-

Pen se pasó la mano por el liso vientre. Aún no se le notaba, pero no tardaría mucho.

–Le podríamos decir a todo el mundo que estábamos esperando hasta que estuviéramos seguros de que nada podría ir mal.

–Es nuestra noticia y tenemos todo el derecho de contarla cuando queramos y sin tener que dar explicaciones.

A Pen le gustaba la seguridad en sí mismo que tenía Zach. Le gustaba compartir su vida con él. Aunque se trataba de algo inesperado, el bebé era su pequeño secreto. Tan solo lo habían compartido con Stef.

–Voy a darme una ducha. ¿Te gustaría acompañarme?

Zach sería capaz de convencerla de cualquier cosa con aquella sonrisa. Desgraciadamente…

–Ya me he dado una. Y tengo que hacer otra llamada de teléfono. ¿Me la guardas para otra ocasión?

Incluso empapado por el sudor, Zach resultaba muy sexy. Se acercó a ella con la botella de agua en la mano y sonrió. El aroma tan masculino que emanaba de su cuerpo no le hizo cambiar a Pen de opinión en lo más mínimo, sino que solo le hizo desearlo más.

–En tu caso, Penelope, siempre…

Aquellas palabras fueron suficientes para ponerla de puntillas. Le dio un beso en los labios y, cuando él se retiró, se mordió el labio inferior muy sugerentemente. Aquel gesto estuvo a punto de conseguir que ella cambiara de opinión.

A punto.

Recordó las palabras de su madre. A Penelope la habían enseñado a mantenerse sola.

Por muy sexy que fuera el papá de su bebé, su jornada laboral la requería.

Capítulo Once

Serena Fern y Ashton Weaver estaban sentados a una mesa redonda que había junto a la piscina. Pen estaba frente a ellos en una silla de mimbre a juego con las demás. Los había conocido en la mansión de Ashton, a petición de este, y estaba tan agradecida por lo que él le estaba ofreciendo como por la calidez del sol de verano.

Estaban buscando en aquellos momentos a un especialista en relaciones públicas para que se ocupara de un incidente que había ocurrido durante una fiesta particularmente alocada en la que Serena, que estaba comprometida con Michael Guff, su jefe, había sido fotografiada besándose con Ashton.

¿Quién podía culparla? Serena y Ashton tenían poco más de veinte años y Guff estaba ya cerca de los cuarenta.

En realidad, Serena y Ashton parecían pareja, no solo por las gafas de aviador idénticas que llevaban puestas, sino también porque tenían las manos entrelazadas sobre la mesa, en la que descansaban tres vasos de limonada helada.

–Queremos que se haga público –declaró Ashton–. Ella no ama a Michael.

La sonrisa de Serena era muy dulce y parecía esperanzada. Le gustaba que Ashton la reclamara para sí. Pen lo notaba.

–Ya se ha hecho público –les informó Pen–. Todo el mundo lo sabe.

Las fotografías habían salido publicadas por todas partes. El compromiso se había cancelado, pero Serena dijo que Michael aún no la había dejado como cliente porque era un hombre muy inteligente. Sabía que Serena estaba en lo más alto y no estaba dispuesto a deshacerse de una gran fuente de ingresos.

–Yo no quiero ser la mala en todo esto. Parece que he sido yo la que le ha engañado…

–Bueno, en realidad, fue así –le recordó Pen–. La buena noticia es que la mayoría de la gente se dará cuenta de que hay mucho más. Michael sabe lo que está haciendo. Él te atrajo con su profesionalidad y conocimiento del mundo del arte. Haremos circular la historia de que se iba a casar contigo para quedarse con un buen pellizco de tu dinero. Después de algunas entrevistas y mensajes en las redes sociales muy bien elegidos, lo vuestro se podrá hacer público. Por el momento, se os puede ver juntos, pero nada de besos. Nada de darse la mano. Salid a tomar un café con vuestros guiones, como si estuvierais ensayando. Dentro de unas semanas os podréis besar en público todo lo que queráis.

Serena sonrió. Ashton no.

–¿Y Michael?

Pen sonrió. Aquí venía la parte por la que los jóvenes actores la habían contratado.

–Yo le recomendaría a Serena que lo despidiera.

Ashton sonrió. Serena se quedó con la boca abierta.

–¿Puedo… puedo hacer eso?

–No solo puedes hacerlo, sino que deberías. Conozco un par de maravillosos agentes que podrían recomendarte a alguien con buena reputación para tu carrera.

–Y entonces, podríamos dejar de escondernos y de fingir que fue un accidente –dijo Serena mientras agarraba con fuerza las manos de Ashton. Entonces, incluso se besaron y se abrazaron de un modo que hizo que Pen se sintiera incómoda.

Tras asegurarse unos nuevos clientes, Pen abandonó la mansión de Ashton. No hacía más que pensar en las palabras que había empleado Serena. «Escondernos».

Aunque no se podía decir que Zach y ella se estuvieran escondiendo exactamente, le preocupaba no tener un plan para su situación. Después de todo, aquello era lo que ella hacía para ganarse la vida. Debería trazar un plan para sí misma.

¿Y cuál sería ese plan?

Pensó en Chicago, en Reese y Merina Crane. Su matrimonio, a pesar de haber sido por conveniencia, se había convertido en un matrimonio por amor después de empezar como una farsa.

¿Era eso lo que Pen esperaba que ocurriera entre Zach y ella? Era una… tontería.

Lo que había entre ellos había empezado como distracción por un problema de Zach. Lo que había entre ellos se trataba de un complicado lío que no se podría resolver con unos cuantos *tweets*. Lo que tenían eran una incipiente familia y Pen tenía que decidir cómo seguir adelante sin dañar la buena reputación del apellido Ferguson.

Se dirigió a su apartamento sumida en sus pensamientos. En cómo podrían Zach y ella seguir siendo amigos mientras criaban a un niño. Y en cuándo sería el mejor momento para anunciar la disolución de su matrimonio.

Probablemente, lo más adecuado sería anunciar el bebé después de la ruptura del compromiso. Así, todo el mundo estaría demasiado emocionado con el embarazo como para centrarse en la ruptura.

Suspiró.

Tal vez debería contratar a un experto en relaciones públicas para que se ocupara de su caso. Desde su punto de vista, no encontraba manera de poder resolverlo.

Aparcó el coche al llegar a su apartamento en el primer hueco que encontró. Ella no tenía garaje privado, como Zach. Por muy lujoso que fuera su apartamento, no podía quedarse allí para siempre. Tendría que empezar a pensar dónde iba a acomodar al bebé, considerando que su apartamento solo tenía un dormitorio. Tal vez tendría que empezar a pensar en mudarse de allí.

Se bajó del coche y se dirigió directamente al despacho de la gerente de la finca, que estaba justamente enfrente del edificio. La suerte quiso que se encontrara con ella por el camino.

–Señorita Brand –le dijo–. ¡Qué coincidencia! Iba a buscarla para darle esto.

–¿Sí? –preguntó Pen mientras aceptaba el papel que Jenny le ofrecía–. ¿De qué se trata?

–Su contrato de alquiler ha sido cancelado. ¡Enhorabuena por su compromiso! –exclamó Jenny mientras le apretaba afectuosamente el brazo–. Siento que se tenga que marchar, pero me alegro de que haya encontrado el amor. Zach me dijo que era una sorpresa, su regalo de boda para usted. ¡Dios mío! –añadió mientras le agarraba a Pen la mano izquierda para admirar el anillo de diamantes antes de llevarse la mano al pecho–. Tiene hasta finales de mes para vaciar el apartamento. No hay prisa, pero sinceramente, ¡yo no dudaría en mudarme inmediatamente con un hombre que le da un pedrusco de ese tamaño!

Antes de que Pen pudiera reaccionar, Jenny se despidió de ella y se marchó. Pen la observó alejándose con el papel en la mano. Entonces, lo miró y leyó una y otra vez las palabras en las que se decía que se había pagado en su totalidad.

Su furia se desató. Sí. Había estado pensando en mudarse a un apartamento mayor, pero no en mudarse con Zach.

Sacó el teléfono móvil y marcó el número de Zach.

–Me he quedado en la calle –dijo cuando él respondió. Iba sacando las llaves para entrar en la que todavía era su casa.

–De eso nada.

–No me pienso mudar a tu apartamento, Zach.

–No, claro que no.

75

Ella parpadeó mientras apretaba el botón del ascensor.

–¿Cómo has dicho?

–Estoy buscando una casa en estos momentos. En mi casa no hay suficiente espacio para un bebé. Sí, creo que me voy a quedar –añadió, como si estuviera hablando con otras personas.

–¿Zach?

–Tengo que dejarte, preciosa. Tengo que ocuparme del papeleo.

–Zach…

Con una mirada a su teléfono móvil, comprobó que él ya había dado por finalizada la llamada.

Zach volvió a llamar al teléfono de Pen, pero, una vez más, le saltó el buzón de voz. Tocó la pantalla que tenía en el salpicadero del coche para dar por terminada la llamada y salió de la autopista para poder cambiar de dirección y dirigirse al apartamento de Pen. Si no estaba allí, la buscaría en su despacho. Si tampoco estaba allí, regresaría a su apartamento para esperarla hasta que llegara.

Cuando fue a buscar algunas prendas a su casa una semana antes, había estado a punto de darle un ataque al corazón. El edificio de apartamentos necesitaba mucho más que una capa de pintura y mantenimiento y la zona no era tampoco muy segura. En aquel momento, decidió que la tendría a su lado para que estuviera a salvo. Dado que iba a tener un hijo con él, no había necesidad alguna de que pasara estrecheces y tampoco quería que su hijo creciera en un lugar en el que tuviera que preocuparse por su seguridad.

Resultaba evidente que Pen invertía gran parte del dinero que ganaba en su negocio. Comprendía por qué. Con un trabajo como el suyo, en el que trabajaba con empresarios y celebridades, tenía que representar su papel y tener una excelente imagen.

Cuando llegó a la zona de aparcamiento, no vio el coche de Pen por ninguna parte. Volvió a llamar a su teléfono móvil pensando que sería inútil, pero la voz de ella le sorprendió.

—Estoy intentando estar furiosa contigo.

—¿Dónde estás? —preguntó Zach. No le importaba que estuviera enfadada con él mientras estuviera a salvo.

—¿Por qué? ¿Acaso piensas venir a comprar el edificio en el que esté? ¿Y si he salido de compras?

—Creo que me puedo permitir un centro comercial.

El silencio de Pen le indicó que la broma no le había resultado graciosa.

—Quiero saber dónde estás para que te pueda enseñar nuestra nueva casa.

—Zach…

—También tenemos que hablar sobre los planes y sobre cuándo vamos a decir qué. No voy a evitar preguntas cuando me las empiecen a hacer, a pesar de la carrera política de mi hermano o de la reputación de Ferguson Oil. No voy a esconderte ni a ti ni lo que estamos haciendo.

—Estoy de acuerdo. Necesitamos un plan. Y yo tampoco quiero eso.

—En ese caso, ¿dónde estás? Te invito a cenar.

—Estoy en tu apartamento. Tirando tu ropa por la ventana… —bromeó ella, pero sin nada de alegría.

—En ese caso, tendré que comprar ese centro comercial de todas maneras…

Más silencio.

—Pen…

—Ven a casa. Hablaremos.

El modo en el que ella dijo «casa», como con posesión, le provocó un nudo en el pecho.

—Decía en serio lo de ir a cenar —replicó él mientras salía del aparcamiento y aceleraba.

—De eso puedes estar seguro —le espetó ella—. Hasta ahora.

Zach sonrió. Maldita sea. Le gustaba así, rebelde. En realidad, le gustaba fuera como fuera.

Encontró a Penelope en su apartamento vestida con unas mallas muy ceñidas y una amplia camiseta. Llevaba el cabello recogido con una coleta y estaba en el suelo, con los ojos cerrados y las manos sobre las rodillas.

–¿Estás haciendo yoga? –le preguntó mientras dejaba el maletín y el teléfono móvil sobre la encimera de la cocina.

–Estoy meditando para no tener que matarte –respondió ella sin abrir los ojos.

Entonces lo hizo y lo miró de tal manera que Zach no pudo evitar sonreír. Ella le atraída de una manera que iba más allá del vínculo físico. En parte era por el bebé, pero no totalmente.

–¿Qué tal el día, querido?

–Ajetreado. He comprado una casa.

–Ya me lo has dicho –replicó ella. Entonces, agarró una hoja de papel que tenía en el suelo, a sus espaldas, y comenzó a agitarla en el aire–. Yo he perdido la mía.

–Quería que fuera una sorpresa.

Pen se puso de pie y le golpeó en el pecho con el papel.

–Y me has sorprendido.

Zach agarró el papel y la siguió a la cocina. Allí, Pen tomó unos cuantos vasos de agua antes de señalar el papel que él aún tenía en la mano.

–Dale la vuelta.

El reverso de la hoja estaba totalmente escrito. Era la letra de Pen.

–«Plan de relaciones públicas para Zachary Ferguson y Penelope Brand».

–He redactado un plan para nosotros.

Debajo de los nombres había fechas y diferentes puntos. Anuncio del compromiso. Salida para comprar ropa de bebé. Comunicado de prensa.

–Esto es… interesante.

–Así es como lo vamos a hacer.

–No veo que menciones nada sobre mudarte a mi casa.

–Lo siento, pero yo voy a vivir separada de ti hasta que todo ocurra. La ruptura y todo lo demás –añadió agitando la mano en la que tenía el anillo de compromiso.

–No veo por qué tenemos que romper.

–Porque esto no es real. He orquestado compromisos antes e incluso me he tenido que enfrentar a embarazos no programados. Las parejas no suelen discutir cuando yo les sugiero que deben anunciar una ruptura. La mayoría.

Zach dejó el papel y se dirigió hacia ella. La empujó hasta que la acorraló contra el frigorífico y entonces la obligó a levantar el rostro para que lo mirara. Entonces, le puso la mano en el vientre y se apretó con fuerza contra ella.

–Esto. Esto es real.

–Lo sé… –susurró ella–, pero el compromiso no lo es.

–Aún no hay motivo para romperlo. Podríamos decir que vamos a esperar a casarnos cuando hayas tenido al bebé.

Pen asintió lentamente.

–¿Es eso lo que quieres?

Sí. Porque Zach sabía perfectamente lo que no quería. No deseaba que Pen se marchara. Esa era solo una de las razones por las que quería que ella se mudara con él. Quería poder cuidar de ella, pero también estar con ella.

–¿Qué te parece esto? –le preguntó él. Se alegró cuando ella giró la cabeza y los labios quedaron peligrosamente cerca de los suyos–. Vente a vivir a mi casa. Ten el bebé. Lleva puesto ese anillo.

–¿Y entonces qué?

–Tenemos mucho tiempo para decidirlo, Penelope.

Mientras tanto, te quiero en mi casa, en mi cama y en mi mundo –añadió mientras le acariciaba suavemente el labio inferior.

–No tienes que…

–Permíteme. Permítete permitírmelo. No tienes que tener planes rígidos para tu propia vida, Pen. Vive peligrosamente –añadió con una perezosa sonrisa–. Es más divertido.

Ella se lamió los labios antes de responder. Zach la besó. ¿Tal vez para desviar su atención? Posiblemente. En lo que se refería a ellos, había una manera muy rápida para conseguir que se centraran el uno en el otro, y estaba en el dormitorio.

–Me prometiste que me invitarías a cenar…

–¿Tienes hambre?

–Me muero de hambre –replicó ella disculpándose con la mirada–. ¿Qué te parece después de cenar?

–¿Acaso tienes que preguntar? –preguntó Zach–. Cena. Cámbiate inmediatamente.

Pen se marchó con una alegre sonrisa que hizo que Zach fuera casi tan feliz como cuando la tenía contra su cuerpo. Entonces, él miró al papel que Pen le había entregado antes. Agarró un bolígrafo de un cajón cercano y tachó lo de anunciar el final del compromiso.

Capítulo Doce

El hecho de tener mucho dinero hacía que la mudanza resultara mucho más fácil.

Cuando Pen se trasladó desde Chicago, había tenido que contratar una empresa, ponerse a guardar todo en cajas e incluso cargar algunas de ellas en su propio coche.

Para Zach, la mudanza solo supuso una llamada de teléfono a su asistente para que se ocupara de recoger las cosas de Penelope de su apartamento y otra para que un decorador se ocupara de diseñar el interior de su nueva casa.

Habían pasado ya dos semanas desde la mudanza. El hecho de que Zach se ocupara de finalizar su contrato de arrendamiento pagando todo lo que aún le restaba hasta el final del mismo había sido un detalle innecesario, pero tenía que admitir que tenía sentido. Todo el mundo daría por sentado que era el paso natural después de enterarse del embarazo. Además, Zach necesitaría más espacio para el bebé, tanto si Pen vivía con él como si no.

Había comprado una hermosa casa a las afueras de la ciudad con seis dormitorios, seis cuartos de baño y un amplio jardín. Un muro de piedra rodeaba toda la propiedad y tenía una imponente verja de entrada, muy parecida a la de la casa de Chase. No obstante, la casa resultaba mucho más acogedora. Tenía un amplio porche con columnas blancas, de estilo colonial, en el que había un par de mecedoras desde las que se podía disfrutar una agradable vista del jardín delantero y del camino de acceso a la casa.

81

Allí era donde los dos estaban sentados aquella noche.

Pen había terminado su trabajo y se había reunido en la casa para cenar. La cena la había preparado un chef contratado para que Pen se alimentara adecuadamente. Estaban sentados con un poleo menta para ella y una cerveza para él, meciéndose suavemente en el porche.

—Esto es muy bonito, Zach.

Él sonrió. Aquella noche llevaba puestos unos vaqueros y una camiseta, con lo que su aspecto era el de un relajado hombre de campo. Además, últimamente se había recortado un poco el cabello.

—Me alegro de que te guste.

Pen golpeó suavemente la taza con las uñas. Había terminado de redactar su plan de relaciones públicas para ambos. Se lo había presentado y él había realizado algunos cambios. Con algunos ella había estado de acuerdo, con otros no. Básicamente, mantendrían el compromiso hasta después de que el bebé naciera, saldrían a realizar compras para el bebé y, por último, redactarían un comunicado de prensa en el que se confirmara que estaban esperando un hijo.

—Deberíamos hablar —dijo ella.

Zach agarró los brazos de la mecedora y se volvió lentamente para colocarse frente a ella. Tenía el ceño fruncido y un gesto serio en el rostro.

—¡No es malo! —exclamó ella riendo.

—¿Puedes hacerme el favor de no volver a decirme esas palabras?

Se relajó un poco tras respirar profundamente. Tenía que haber algo que le hiciera reaccionar de esa manera, pero Pen no iba a entrar en aquel tema en ese momento.

—Ha llegado el momento de decírselo a nuestras familias —afirmó Pen. Se estaba pasando la mano por el vientre. Siempre lo había tenido muy liso, pero el embarazo se le estaba empezando a notar y muy pronto la gente comenzaría a hablar–. No puedo ocultarlo durante mucho más tiempo y me gustaría decírselo antes de que nos vieran de compras.

–Eso sería lo mejor, sí.

–¿Qué te parece este fin de semana? Podemos ir a ver a tus padres antes de ir a una tienda de bebes.

–¿Y a los tuyos?

–No podemos ir volando a Chicago en el mismo día, ¿no te parece?

–¿Por qué no? Es un vuelo de dos horas.

–¿En tu avión privado? –le recriminó ella. Le estaba costando acostumbrarse a que todo fuera tan fácil.

–Bueno, no tengo, pero podría alquilarlo. Tal vez tus padres quieran conocerme.

Ella asintió. Su mundo de fantasía estaba empezando a estallar por las costuras. Cuando sus padres conocieran a Zach, la burbuja estallaría. En cierto modo, había estado bastante protegida, viviendo una existencia muy segura con Zach y su trabajo, secuestrada de la realidad.

–Lo reservaré para el viernes. Podemos alojarnos en un hotel.

–Mis padres se morirían si nos alojáramos en un hotel. Van a insistir en que nos quedemos con ellos.

–Pues nos quedaremos con ellos entonces.

Pen lo observó durante un instante, mientras se preguntaba quién era aquel hombre en realidad. ¿Era el multimillonario que acababa de comprar una maravillosa casa para ellos simplemente chascando los dedos o un hombre de familia que se mecía plácidamente en una mecedora? ¿Podría ser las dos cosas?

–El viernes –repitió ella, sin estar aún del todo segura.

Zach agarró la botella vacía y se puso de pie. Entonces, se inclinó para besarla.

–Sin embargo, vamos a acostarnos juntos en casa de tus padres, tanto si a ellos les gusta como si no.

Pen se colocó la mano sobre la mejilla mientras él entraba en la casa, esperando hasta que se hubiera marchado para reaccionar. A pesar de sus preocupaciones sobre el viernes, cuando la realidad se encontrara por fin con la fantasía, el comentario de Zach la hizo reír.

–¡Es maravilloso que hayáis venido el fin de semana del Cuatro de Julio! –exclamó Paula Brand con una sonrisa mientras amontonaba filetes adobados crudos y pechugas de pollo en un plato.

Louis, el padre de Penelope, fue a recoger el plato y pareció partir a Zach en dos con un seco movimiento de cabeza.

Zach estaba acostumbrado a las reacciones de sospecha por parte de los padres de las mujeres con las que salía. Las madres lo adoraban, pero los padres eran más duros de pelar. Tomó un sorbo de su botella de cerveza. Tan sólo tenía que encontrar cómo hacerlo.

Había decidido utilizar la ropa que se ponía en sus días de Chicago, dejando a un lado su faceta de millonario. Por eso llevaba puesto un par de vaqueros y una camiseta gris.

Penelope llevaba puesto un vestido amplio, con el que esperaba ocultar su barriga de embarazada. Se había apoyado contra la encimera y era muy parecida a su madre. El cabello rubio de Paula era algo más apagado y la mujer era también un poco más baja, pero era tan hermosa y femenina como su hija.

Sin poder evitarlo, se imaginó a Pen con la misma edad que su madre de pie en la cocina mientras él examinaba el correo. Se quedó sin aliento.

–Zach, cielo…

Él parpadeó para salir de su estupor y vio que Paula lo estaba interrogando con la mirada.

–¿Te apetece otra cerveza?

–Sí, claro, muchas gracias.

Pen lo miró atónita y se dirigió al frigorífico por él. Cuando le entregó la botella, le dedicó una sonrisa. Parecía que, por mucho que se esforzara en construir barreras para protegerse, ella las derribaba a patadas para dejarlo indefenso.

Y lo más increíble de todo era que no le preocupaba.

–Pen me ha dicho que eras contratista cuando vivías aquí –le dijo Paula–. ¿Qué te parece esta casa?

Paula y Louis se ganaban la vida vendiendo casas. En la que estaban en aquellos momentos, era una casa de tres dormitorios y dos cuartos de baño al norte de Chicago.

–Buena estructura. Está muy bien.

–La compramos casi regalada. Una ejecución hipotecaria, por lo que esperamos doblar nuestros beneficios. Louis insiste en reconstruir el porche trasero, pero yo quiero quitarlo.

–Un porche añade valor a una casa –comentó Zach mientras se acercaba a la puerta trasera para mirar.

Vio a Louis en la barbacoa y comprobó que el porche estaba algo astillado. Tal vez después de que les hubieran contado lo del bebé a los padres de Pen y estos no hubieran matado a Zach, él tendría un tema de conversación con Louis.

Zach sabía muy bien cómo construir un porche.

Pen no echaba de menos el viento de Chicago, de eso estaba totalmente segura. Llevaba toda la comida peleándose con su cabello mientras trataba de sujetar el plato de papel para que no se le volara. Estaban sentados en el porche trasero de sus padres y ella no dejaba de recordar las innumerables ocasiones en las que se habían cambiado de casa. Pen no era así. A ella le gustaba vivir en un único lugar. Por eso le había costado tanto marcharse de Chicago.

Paula no hacía más que preguntar a Zach cosas sobre su familia y su trabajo, que él respondía con facilidad mientras comía. Louis, por su parte, guardó silencio. Se limitó a asentir o sacudir la cabeza de vez en cuando.

Pen ya no podía esperar más. Por debajo de la mesa, agarró con fuerza la rodilla de Zach. Él se volvió a mirarla y asintió levemente antes de dejar los cubiertos encima de la mesa.

–Señor y señora Brand –empezó. Pen sintió que se le hacía un nudo en el estómago. Esperaba no vomitar la comida.

Los dos levantaron la cabeza y lo miraron atentamente.

–Pen y yo tenemos un motivo muy especial para haber venido a visitarles este fin de semana, aparte de para enseñarles el anillo de compromiso. Estamos encantados de decirles que… –añadió mientras rodeaba a Penn con el brazo y la estrechaba contra su cuerpo antes de hacer el anuncio definitivo–, estamos esperando un bebé para diciembre.

Tanto Paula como Louis lo miraron asombrados. Estaban en estado de shock.

–¿Cómo has dicho? –preguntó Paula completamente inmóvil.

–Estamos esperando un bebé, mamá. Papá y tú vais a ser abuelos.

–¡Dios mío! Yo… –susurró Paula, sin poder reaccionar aún. Entonces, por fin, esbozó una amplia sonrisa–. ¡Me alegro tanto!

Se levantó rápidamente de la silla para abrazarlos a ambos. Cuando volvió a sentarse, empezó a preguntarles por las fechas en las que podría nacer en el bebé. Además, comentó que tendría que solicitar una tarjeta de crédito para los que volaban frecuentemente en avión para poder ir a Dallas con regularidad.

–No será necesario, señora Brand –dijo Zach–. Nosotros vendremos a verlos a ustedes.

Ante tan amable oferta, Louis se levantó con su plato. Lanzó un gruñido y luego se metió en la casa dando un portazo.

Todo había ido más o menos como Pen había esperado.

Capítulo Trece

–Están bien –dijo Paula mientras se asomaba por la ventana de la cocina para mirar al porche.

–¿Quiere decir que papá no está estrangulando a Zach o haciéndole completamente el vacío?

–No. Están midiendo –replicó Paula mientras regresaba al salón con dos tazas de té.

–¿Y qué están midiendo?

–El porche –contestó Paula entregándole una taza–. Todo esto me parece algo repentino.

–Tres meses es un trimestre entero. No es tan repentino –replicó Pen. No quería sonar tan a la defensiva.

–Tres meses es el tiempo que llevas embarazada. ¿Cuándo le conociste?

–Ya te lo dije. Cuando vivía aquí. De eso hace ya años –respondió sin poder evitar morderse la uña de uno de los pulgares–. Está bien. Sí, es muy repentino.

–Pero estás enamorada.

Pen dio gracias al cielo de que su madre no hubiera puesto aquella frase entre signos de interrogación. A Pen no le gustaba mentir. Sonrió. No, Zach y ella no estaban enamorados. Lo que había entre ellos no tenía nada que ver con el amor, pero no podía negar que se sentía muy unida a él y le gustaba mucho.

Al pensar en su bebé, le preocupó un pensamiento. ¿Y si su hijo o su hija crecía pensando que el amor era un cuento de hadas?

No.

Pen le enseñaría lo que es el amor, igual que Zach. El amor romántico era algo que se podía evitar. Pensó en novios del pasado y no estuvo segura de haber estado nunca enamorada. Siempre había un obstáculo, una excusa, algo que le impedía meterse demasiado profundamente. Tal vez era porque había organizado demasiados compromisos y bodas falsos solo por publicidad por lo que era una escéptica en el amor.

Sin embargo, con un bebé en camino, ya no se podía permitir ser egoísta.

Al escuchar risas provenientes del jardín, las dos mujeres se miraron atónitas.

—¿Están…?

Paula parpadeó y sonrió.

—Creo que sí.

El bebé de Zach y de Pen sabría lo que es el amor, tanto que no podría desear nunca tener más. Sin embargo, mientras pensaba en aquello, Pen pensó si ella misma se podría conformar con eso.

A Louis no solo le gustaba hablar de casas y de reformas, sino que también era un fan de los Dallas Cowboys. Zach terminó charlando y bebiendo cerveza con el padre de Pen hasta mucho después de la medianoche.

—Debería irme a la cama —dijo Louis—. Paula siempre me espera levantada.

¡Qué bonito! Los padres de Zach se llevaban bien, pero él no recordaba que su madre hubiera esperado nunca levantada a su padre o que su padre quisiera interrumpir algo por marcharse con ella.

Louis se puso de pie. Zach hizo lo mismo.

—Gracias por permitir que nos quedáramos.

—Paula insistió en que siempre tenía que haber una habitación para Pen desde que se mudó a Dallas. Lo comprenderás mejor cuando nazca el bebé. Verás lo protector que te vuelves.

Zach se lo imaginaba. Ya le ocurría así con Penelope. Así se lo confesó a Louis.

—A mí me pasa eso con tu hija. Ella nunca pide

nada. Nuestro hijo no fue la razón por la que nos comprometimos, pero sí nos empujó a permanecer juntos.

Louis asintió lentamente. Evidentemente, aún estaba tratando de aceptar el hecho de que su hija se había comprometido con un millonario texano que la había dejado además embarazada. Zach podía comprender perfectamente al padre de Pen cuando se imaginaba que lo que venía era una hija.

Louis se hizo eco de sus miedos y le dio una palmada en el hombro.

—Que Dios te ayude si lo que tienes es una hija.

Zach cerró la puerta de la habitación de invitados después de lavarse los dientes y se fue a tumbar en la cama, que era algo pequeña para los dos. Pen suspiró suavemente y se rebulló bajo las sábanas. Zach le rodeó la cintura con un brazo y la estrechó contra su cuerpo para hundir el rostro en su hermoso cabello.

Cuando la vio por primera vez en Chicago, él era un verdadero seductor. Después de aquella fiesta, no la volvió a ver hasta que se encontró con ella en un club en Dallas, lo que le sorprendió profundamente.

No era un hombre que creyera en el destino, pero, mientras acariciaba el vientre de su prometida, se preguntó si aquello no sería exactamente lo que parecía.

Una segunda oportunidad.

En aquel momento también, se apoderó de él un miedo tangible de estropearlo todo. De llegar a perder no solo a la mujer que estaba a su lado en aquel momento, sino también al hijo que estaban esperando.

Nunca había pensado ser padre, ni siquiera cuando le pidió a Lonna que se casara con él, pero en el momento en el que Pen le dijo que estaba embarazada, una abrumadora sensación se apoderó de él.

No se trataba solo del bebé ni tampoco de que tuviera más de treinta años y ya fuera hora de que considerara tener una familia. No era que hubiera creado un compromiso falso para ocultar la verdad.

Lo que había cambiado las reglas del juego era Penelope.

Ella murmuró en sueños. Zach le dio un beso en el hombro. Le había prometido que la poseería en casa de sus padres, creyendo que la química sexual que había entre ellos derrotaría a la necesidad de dormir o de guardar silencio por la cercanía de Paula y Louis.

Sin embargo…

Pen se giró hacia él y abrió los ojos brevemente. La luz de la luna entraba por la ventana, haciendo destacar su cabello y acariciándole suavemente la mejilla.

Aquella noche, la poseería de un modo muy diferente.

Se hizo a un lado para dejarle más sitio. Su cuerpo estaba formando un bebé, su bebé, y ella necesitaba descansar todo lo que pudiera.

No podía darle todo, pero eso sí que estaba en su mano.

Tras regresar de Chicago, Zach y Pen se vistieron más formales para ir a visitar a los Ferguson. Habían quedado en ir a la hora del cóctel, así que un poco más tarde de las siete, Pen tomaba asiento en el sofá del salón de la mansión de los Ferguson.

Elle estaba sentada prácticamente en el borde de una butaca y Rider se había acomodado en la silla de al lado. Una asistenta entró con una bandeja en la que llevaba cuatro martinis con su correspondiente aceituna servidos en elegantes copas.

Zach aceptó la suya, pero levantó la mano cuando la mujer fue a servir a Penelope.

–Mi prometida está embarazada, así que tomará algo sin alcohol. Tal vez un agua con gas y lima. ¿Te parece bien, Pen?

Pen asintió sin saber qué hacer. Evidentemente, darles la noticia a los padres de Zach iba a ser algo rápido.

Rider aceptó su copa y Elle la suya mientras Pen sonreía con gesto nervioso. Elle había levantado tanto las cejas que casi se le perdían en la línea del cabello.

Nadie dijo una palabra hasta que Pen tuvo su agua con gas en la mano. Elle fue la primera.

—Y nosotros que pensábamos que habíais venido para decirnos que este compromiso es una farsa para distraer a todo el mundo de tu exesposa, Zach.

—Eleanor, por amor de… —susurró Rider antes de tomar un trago de su Martini.

—Recuerda que solo puedes tomar uno de esos. Saboréalo.

Pen se tensó, pero el brazo de Zach la rodeó los hombros inmediatamente,

—El bebé va a nacer en diciembre. Queríamos decíroslo en persona antes de que os enterarais de otro modo.

Elle frunció más aún si cabe los labios y los miró fríamente y con desaprobación.

—A mí me parece estupendo —dijo Rider con una enorme sonrisa—. Os hemos preparado un cheque —añadió mientras se metía la mano en el bolsillo trasero—. Es para la boda, pero ahora supongo que lo podréis utilizar también para preparar la llegada de nuestro primer nieto. Mejor que morirme de un ataque al corazón antes de conocer a mis nietos, ¿verdad, Elle?

—Supongo que eso es cierto —replicó ella entornando de nuevo la mirada—. ¿Qué fue lo que le interesó más de nuestro hijo, señora Brand? ¿Su dinero o su apellido?

Zach se tensó a su lado, pero Pen le tocó suavemente la mano para que le permitiera a ella responder.

—Comprendo que toda esta información la sorprenda, pero no hay necesidad de ser grosera, señora Ferguson. Ni soy una cazafortunas ni esperaba quedarme embarazada. Confíe en mí si le digo que no quiere saber la parte de su hijo que más me interesa. Sencillamente vi a alguien que me gustaba –dijo mientras se volvía a mirar a Zach. Él la observaba con una orgullosa sonrisa–. Simplemente tuve que quedarme con él.

Entonces, volvió a mirar a Elle, que se había quedado boquiabierta. Evidentemente, nadie se había atrevido a hablar así a la reina del Petróleo de Dallas tal y como ella lo había hecho.

–Mamá…

Elle se volvió a mirar a Zach.

–No te estamos pidiendo permiso ni aprobación, pero esperamos que te muestres más agradable cuando nazca el bebé. Él o ella serán el primer nieto o nieta que nazca en esta familia.

Elle se tomó su martini de un trago y se tomó también el de Pen. Rider, con su buen humor intacto, soltó una carcajada.

–Y yo que creía que ese segundo martini me lo iba a tomar yo…

Capítulo Catorce

–Pen, espera un momento.

En el momento en el que salieron de la casa de los padres de Zach, Pen echó a andar rápidamente hacia el coche con los puños apretados.

–Espera –dijo él mientras le agarraba suavemente la muñeca y le hacía darse la vuelta. Estaba sonriendo y ella miró con desaprobación su hoyuelo en vez de admirarlo. Nada había resultado divertido aquella tarde.

–Me odian.

–No.

–Tu madre me odia.

–Eso no es cierto. Es solo que está… en shock. No todo el mundo se va a tomar esta noticia tan bien como nosotros.

–Yo no me la tomé bien. Estuve evitándote tres días y elaboré nueve planes antes de decidir que no podía preparar ninguno hasta que no te dijera que estaba esperando un bebé.

Los ojos de Zach se oscurecieron. La estrechó entre sus brazos firme pero tiernamente a la vez. Pen se había estado enfrentando a la fatiga, las náuseas y los mareos desde hacía ya varias semanas, pero por fin parecía que lo peor había quedado atrás. La tensión sexual que existía entre ellos regresó.

–La manera en la que te has enfrentado a mi madre ha sido posiblemente el momento más sexy que he visto en toda mi vida.

–¿En toda tu vida?

–Bueno, no. En toda mi vida no. ¿Por qué no nos

vamos a casa y tratamos de encontrar ese momento tan sexy del que estamos hablando?

–Ha pasado algún tiempo…

–Lo sé.

–No te has quejado.

–Lo sé.

Pen se acercó a él un poco más y le acarició el cuello de la camisa mientras con la otra mano le rodeaba la cintura. Zach dejó escapar un suave gruñido cuando ella le besó y siguió masajeándole íntimamente un poco más abajo. Muy pronto, aquella parte de la anatomía de Zach fue mucho más grande que antes.

Él profundizó el beso y le cubrió el trasero con las manos. Estaban completamente pegados el uno al otro y las hormonas de ella parecieron cobrar vida.

–Zach… ¿qué te parece si sacamos el coche al jardín y vemos si podemos encontrar ese momento tan sexy aquí mismo?

–¿En el coche?

–No me digas que no lo has hecho nunca en el coche…

–Bueno, nunca con una con tanta clase como tú…

–Bien –susurró ella besándolo de nuevo–. Me encanta ser la primera…

Como Zach no llevaba corbata, Pen optó por arrastrarlo al coche por la manga de la camisa. Zach la siguió. A ella le gustaba tener el poder de afectarle de aquella manera. Le hacía sentir como si fuera capaz de hacer cualquier cosa. Le hacía sentirse como la mujer que había sido antes de Cliff.

Zach arrancó el coche y lo llevó a la parte posterior de la casa.

–A tu madre le va a dar un síncope cuando vea las rodadas del coche sobre el césped.

–Lo primero –dijo él tras apagar el motor del coche y bajar las ventanas–, es la última vez que hablas de mi madre esta noche. En segundo lugar… no se me ocurre una segunda cosa porque mi cerebro parece habérseme trasladado a la entrepierna.

–Vaya… –susurró ella.

La escena resultaba muy sensual. Asientos de cuero, ventanas abiertas, la cálida brisa de Texas refrescando el interior del coche…

–Voy a tener que acercarme más para comprobarlo…

Nada le gustaba más que excitarlo. Se desabrochó el cinturón de seguridad e hizo lo mismo con el de él. Entonces, soltó el botón del pantalón. Efectivamente, había una potente erección y cuando ella le bajó los calzoncillos, se relamió los labios.

–Estás haciendo eso a propósito.

–Bueno, sí…

Zach la besó antes de que ella se reclinara y bajara la cabeza. Comenzó a acariciarle con la lengua, utilizándola para guiar toda su longitud hacia el interior de la boca. Las piernas de Zach se tensaron y apretó las rodillas mientras ella proseguía lo que había empezado. Los gemidos que se le escapaban a él de los labios eran una mezcla de juramentos, llamadas al Altísimo y gruñidos incoherentes. Justo cuando Pen estaba empezando a divertirse, Zach la obligó a levantarse y le dio otro beso en los labios.

–No te atrevas a moverte.

Zach se subió los pantalones y salió del coche para abrirle la puerta. Entonces, le ofreció la mano para ayudarla a bajar como si fuera un príncipe ocupándose de una princesa. A excepción de que tenía los pantalones abiertos, la erección claramente marcada y la camisa colgando.

–No te rías –le advirtió.

Pen no se rio. Se quitó los zapatos para poder andar mejor sobre la hierba y dejó que Zach la llevara a un trozo de hierba que estaba perfectamente rodeado de arbustos.

Le levantó el vestido y se lo sacó por la cabeza, le apartó el sujetador y la tumbó suavemente en el suelo. Allí, le besó los pezones e hizo que estos se irguieran orgullosos contra la brisa. Entonces, se quitó la camisa y se bajó los pantalones hasta los tobillos. No se molestó en quitárselos.

Pen se despojó de su tanga. Se sentía completamente lista para él y agradecida de no tener que seguir esperando.

Zach se hundió dentro de ella. Pen levantó las caderas, temblando, y cerró los ojos echando la cabeza hacia atrás. Así era como se sentía cuando Zach estaba dentro de ella.

Llena. No. Plena.

Abrió los ojos para mirar los de él y sintió que Zach comenzaba a moverse de nuevo. Lenta, fluidamente. Entrando y saliendo de ella al ritmo que él imponía y que ella seguía fácilmente. El sexo nunca había resultado tan íntimo antes de Zach. Se recordó que tal vez su embarazo y las hormonas eran responsable de las emociones que estaba sintiendo y que no había experimentado nunca antes.

—Nunca antes has estado tan hermosa como lo estás ahora…

Pen le apretó los dedos contra la boca y él los mordió juguetonamente.

—Eso lo dices porque te sientes obligado…

—Lo digo porque es verdad.

Zach se detuvo momentáneamente, pero, un segundo más tarde, le agarró la cabeza con una mano y las caderas con la otra y, sin que los dos se separaran, se dio la vuelta de manera que fuera él quien estuviera tumbado sobre la hierba.

—Impresionante con los pantalones en los tobillos…

—Gracias.

Las bromas desaparecieron cuando ella se apoyó sobre el torso de Zach y empezó a moverse. Él lanzó un profundo gemido, pero no cerró los ojos. No dejaba de observarla mientras ella se movía. Le había cubierto los senos con las manos y levantaba las caderas para acompañar el movimiento que Pen imponía.

Cuando Pen alcanzó el orgasmo, Zach la estrechó contra su cuerpo, apartándole el cabello del rostro mientras la besaba continuamente. Entonces, inclinó un poco más las caderas y se vertió dentro de ella.

Los únicos sonidos que se escuchaban en el jardín eran los de los grillos y el ladrido distante de un perro. Y el de los gritos del padre de Zach.

Penelope no se lo podía creer. El éxtasis del orgasmo desapareció rápidamente. Abrió los ojos de par en par y se cubrió los senos con las manos.

Zach soltó una carcajada. Ella lo miró con desaprobación y luego miró hacia atrás. Por suerte, estaban bien escondidos, por lo que lo único que Rider podía ver era el coche de Zach.

Él se sentó. Le habría encantado disponer de unos minutos más para poder disfrutar con ella. Le dio un beso, pero sabía que tenían que darse prisa para que Rider no llamara a la policía.

–Vístete –le dijo a Pen–. Yo me ocuparé.

No le habían sorprendido con los pantalones bajados desde que tenía dieciséis años y no pensaba volver a repetir. Se levantó y se los subió rápidamente. Se abrochó el cinturón y se mesó rápidamente el cabello. Después, recogió la camisa del suelo y ayudó a Pen a vestirse. Le entregó el vestido y se dio cuenta al mismo tiempo que ella que estaba un poco manchado de hierba. Ella se lo puso y se guardó el sujetador en la mano mientras los dos se calzaban.

Justo en aquel momento su padre encendió una linterna.

–¿Zach?

–¡Sí, soy yo! –gritó él–. ¡No me dispares!

En realidad, estaba bromeando. Su padre no llevaba arma alguna.

–¿Qué diablos estás haciendo? –le preguntó cuando Zach se acercó a él terminando de abrocharse la camisa–. ¿Estás tratando de que me dé otro ataque al corazón? Si tu madre supiera que estáis teniendo sexo entre las flores, se aseguraría de que me diera. Tenéis vuestra casa y os estáis comportando como adolescentes –añadió Rider mientras miraba hacia el coche, en el que ya se había sentado Pen.

–Pagaré los arreglos del césped…

–Ya sabes que eso no me importa –comentó Rider riendo–. Llévate a tu chica a casa y seguid allí dentro con lo que habéis empezado aquí fuera.

Zach regresó al coche, aunque se sentía orgulloso de que Pen se hubiera brindado a ser tan traviesa con él en el jardín de la casa de sus padres. Y eso le gustaba. Mucho.

–¡Buenas noches, Penny! –exclamó Rider cuando Zach llegó al coche.

Cuando Zach se sentó en el interior del coche, Pen lo observó atentamente mientras terminaba de abrocharse la camisa. Entonces, se puso el cinturón y arrancó el coche bajo la atenta mirada de ella.

–¿Qué?

–Ahora sí que me odia tu madre.

–Ella no lo sabe. Mi padre no se lo dirá –comentó él mientras daba marcha atrás para salir del jardín y dirigirse a la verja de entrada–. Yo jamás permitiría que ella te odiara. Dale tiempo –añadió. Ella lo miró con preocupación–. Lo digo en serio. Dale tiempo y ella te querrá tanto como mi padre.

Mientras se dirigían a su casa, Zach no paraba de pensar en las palabras que había pronunciado. Las había dicho en serio. Todo el mundo quería a Penelope. Sus clientes, sus hermanos, su padre…

«¿Y tú?».

Sin embargo, aquella clase de amor era diferente. Zach había aprendido hacía mucho tiempo que el amor con todo el corazón no era correspondido. No volvería a cometer el mismo error.

Mientras conducía hacia casa, con la ventanilla abierta y la brisa de verano refrescándole el cabello, llegó a la conclusión de que era mejor no pensar en ciertas cosas.

Capítulo Quince

–Haz que tu asistente devuelva todo menos esto –dijo Pen mientras mostraba un minúsculo par de zapatitos–. No me puedo desprender de ellos, aunque son carísimos. El resto lo puedo comprar por internet –añadió mientras miraba todas las ropas de bebé que tenía extendidas sobre la enorme cama de Zach. Tenía el ceño fruncido, lo que transmitía muy bien su preocupación.

–¿Por qué? –le preguntó él mientras colgaba una chaqueta en el vestidor.

–Porque un bebé no necesita cosas tan extravagantes –replicó ella mientras señalaba con un gesto el montón de ropa que había sobre la cama.

Había ido a la tienda de ropa de bebés el sábado por la tarde y, entonces, hicieron algo que Zach jamás se había imaginado haciendo. Compraron ropa para su bebé.

Zach había comprado las ropas, los zapatos y los juguetes que Pen y él sacaron en las llamativas bolsas de la boutique, pero él no se contentó con eso. Tomó también fotografías de los muebles con su iPhone y se las envió a su decorador de interiores. A Pen le había parecido bien, pero protestó por los precios tan caros.

–Nadie necesita ropa tan extravagante –comentó Zach mientras se desabrochaba la camisa. Pen se paró a mirarlo con un elefantito amarillo en la mano. A él le gustaba el modo en el que le estaba observando, como si fuera a devorarlo–. Venga, quítate tú también la ropa.

–Eso es una invitación…

Pen arrojó el elefantito y se metió con él en el vestidor. Parecía tener sueño a pesar de que faltaban horas para dormir. Después de las compras y del almuerzo, parecía agotada, pero no por ello estaba menos hermosa.

Pen se apoyó contra la pared del vestidor y se quitó uno de los zapatos. Luego el otro.

–Ah, mucho mejor...

Zach le había pedido que no se volviera a poner zapatos de tacón tan alto, pero sin éxito alguno.

–Para que quede claro, nuestro hijo podrá tener todas las cosas extravagantes que a nosotros nos parezca bien –comentó él mientras se quitaba la camisa y la echaba en el cesto de la ropa sucia.

–Eso es precisamente lo que estoy tratando de evitar –dijo ella mientras admiraba el amplio torso. Entonces, sonrió y le dio un ligero empujón. Se dio la vuelta y se levantó el cabello para que él le bajara la delicada cremallera del vestido–. Un niño mimado. Yo quiero que nuestro bebé se sienta amado y que sepa que ese tipo de cosas no tienen la menor importancia.

Zach le acarició suavemente la espalda y se detuvo en el broche del sujetador.

–¿Esto también?

Pen lo miró por encima del hombro. La chispa del deseo le prendió en la mirada a pesar de la fatiga. Por muy tentador que ello pudiera resultar, Zach no tenía tiempo.

–Voy a trabajar en casa un rato. ¿Por qué no te duermes unos minutos?

Ella se quitó el vestido y dejó al descubierto una delicada piel y un redondeado vientre. El pecho de Zach se hinchió con un sentimiento de posesión.

Entonces, ella se cubrió el vientre y frunció el ceño, pero Zach le apartó la mano y le dedicó una sonrisa.

–Me gusta ver los cambios en tu cuerpo...

–¿Te refieres a cómo me está desapareciendo la cintura?

–Estás creando un ser humano y para eso hace falta sitio. Y también descanso.

–Te prometo que me relajaré, pero quiero estar pendiente de internet para nuestro inevitable debut en la red.

El fotógrafo había aparecido tal y como Pen le había pedido y les había hecho fotos del interior de la tienda a través del escaparate y desde el otro lado de la calle cuando por fin salieron de la boutique

–Ya, la bloguera.

–No se trata de una bloguera cualquiera –comentó ella mientras colgaba el vestido y se ponía unos pantalones de cintura elástica.

Zach quería protestar por la larga camisa blanca con la que ella se cubría hasta que se dio cuenta de que se veía la forma de los pezones y de los pechos a través de la delgada tela.

–La duquesa de Dallas –afirmó Pen con un gesto que hizo que los pechos se menearan.

Zach se puso una camiseta y unos vaqueros y se calzó unas deportivas.

–Y supongo que ella es importante.

–Claro que lo es. Controla todo lo que pasa en Dallas. Tendrá nuestras fotos esta misma tarde o mañana por la mañana. Yo me aseguraré de ello.

A Pen se le iluminaban los ojos cada vez que hablaba de su trabajo y no pudo resistirse a ese juego. La estrechó entre sus brazos y la besó, apretándose contra sus senos mientras la besaba larga y lentamente. Ella le deslizó los dedos por los abdominales y Zach sintió que se le tensaba el vientre. Dejó escapar un gruñido cuando Pen le sonrió. La deseaba tanto…

–No tienes que trabajar inmediatamente, ¿verdad que no?

–Bueno, no… –respondió él. Entonces, la tomó en brazos y recorrió así con ella la corta distancia que los separaba de la cama.

Zach y ella habían desempeñado muy bien sus papeles mientras salían de compras. Se habían abrazado, besado y sonreído. Ella le había estado dando consejos mientras se dirigían a la tienda y él había protestado asegurándole que no era tan buen actor.

Sin embargo, aquella tarde, allí estaba, con la pasión en la mirada y la firmeza en los besos. No estaba actuando. Llevaba mirándola con pasión y posesión en los ojos y en los besos desde que volvieron a reencontrarse. Y, por supuesto habían terminado en la cama…

Pen se preguntó si podría echarle la culpa del sexo a las hormonas. Terminó de guardar las ropas de bebé y los juguetes para devolverlos más adelante. Había hablado en serio cuando dijo que no quería un bebé mimado. Lo que no le había dicho a Zach era que también había empezado a pensar en la diferencia que había entre sus ingresos anuales y los de Zach. Por supuesto, eso siempre había sido así, pero acababa de darse cuenta de que, la mitad del tiempo, su hijo estaría en casa de Zach, donde tendría todo lo que pudiera desear y mucho más. Cuando estuviera con ella, no le faltaría de nada, por supuesto, pero no podría comprarle jerséis de doscientos dólares.

Prefirió dejar a un lado los pensamientos para el futuro y se centró en la tarea que la esperaba. Un correo electrónico de la duquesa de Dallas en persona. Le confirmaba que publicaría las fotos al día siguiente.

Ya estaba.

Penelope y Zach realizarían su declaración pública poco después para confirmar que estaban esperando un bebé. Siendo Zach quien era y teniendo en cuenta los que eran su familia, la noticia sería un bombazo. Tanto los dos hermanos como Stefanie eran muy populares en la ciudad.

–Vaya manera de elegir padre para mi bebé –bromeó Pen en voz alta. No se arrepentía de haberse acostado con Zach. Desgraciadamente, como Cenicienta, su cuento de hadas terminaría muy pronto.

Miró a su alrededor y tuvo que reconocer que le gustaba vivir allí, aunque sabía que no era permanente. Ya tendría tiempo de preparar su casa, de comprarse un apartamento. Mientras tanto, dejaría que la trataran como a una reina.

Se mordió el labio inferior con los dientes. No estaba acostumbrada a depender de nadie más que de sí misma. Su madre la había criado para que supiera cuidarse sola y no fuera la princesa que pierde un zapatito de cristal.

Recordó el cliente que se había ofrecido a cuidar de ella y que le había arrebatado todo lo que quería. Entonces, se había jurado no volver a bajar la guardia, pero, sin embargo, estaba rompiendo las reglas por Zach.

¿Acaso había cambiado todos sus principios por la comodidad que él le ofrecía? ¿Tan superficial era? ¿O es que Zach era diferente? ¿Acaso lo que había entre ellos era algo que Pen no había experimentado jamás, el principio de una relación que podría conducir al amor?

Por supuesto que no.

En aquellos momentos, estaba siendo simplemente práctica. La afinidad que sentía por Zach, y el sexo, eran algo temporal. Muy pronto tendría un bebé al que criar y un negocio del que ocuparse. No tendría tiempo para frivolidades.

Había sacrificios que estaba dispuesta a hacer. Con Zach no los tendría que hacer sola. Tendría ayuda, aunque no vivieran bajo el mismo techo. Sin embargo, tendrían la custodia compartida…

Porque Zach compartiría la custodia con ella, ¿verdad? ¿Intentaría arrebatarle a su hijo? Por supuesto que no. A menos que él saliera con otra persona en el futuro. Tal vez si las cosas se ponían serias y la mujer quería representar un papel más activo en la vida del niño, él…

Pen frunció el ceño. No querría que a su hijo lo criara otra mujer. ¿Y si esta otra mujer era como Yvonne, sin escrúpulos y solo buscando el dinero de Zach? Zach no solo había salido con Yvonne, sino que se había casado con ella.

–Vaya… ¿Te encuentras bien? –le preguntó Zach al entrar en el salón–. Pareces preocupada.

–Bueno, he estado pensando. Y quiero hablarte sobre la custodia de nuestro bebé.

Zach frunció el ceño y se sentó junto a ella en el sofá. Ella dejó a un lado el teléfono.

–La compartiremos, por supuesto.

–Cuando llegue el momento –afirmó él entornado la mirada–. Tu hogar está aquí, Pen. No tengo ninguna prisa por que te marches.

–Sin embargo, tarde o temprano terminaré marchándome.

–Tal vez, tal vez no.

–Zach, terminaré marchándome –afirmó ella–. Espero que no te enfrentes a mí para conseguir la custodia total de nuestro hijo.

–No voy a pelearme contigo por nada que tenga que ver con nuestro hijo –dijo él mientras señalaba con la cabeza las bolsas de ropa que ella había colocado junto a la puerta principal–, a excepción de que te quedes las compras que hicimos en la boutique.

–Es demasiado…

–Penelope –susurró él mientras le acariciaba suavemente la mandíbula y la observaba con su penetrante mirada verde–, yo también voy a tener un hijo. Comprarle cosas y cuidarte a ti son las dos únicas cosas en las que, de momento, puedo participar. Permítemelo.

Pen suspiró y cerró los ojos. Tal vez estaba mostrándose demasiado emocional sobre… sobre todo. Sacudió la cabeza y dijo:

–Lo siento… Me preocupo por todo…

–Preocúpate solo por una cosa: sobre lo que quieres para cenar. Luego me lo dices y lo prepararé yo mismo o haré que nos lo traigan.

Se puso en pie y se inclinó sobre ella para darle un beso en la frente. Pen observó cómo se marchaba del salón.

Podría ser que no estuviera enamorada del padre de su hijo, pero tenía que admitir que lo que más iba a echar de menos del tratamiento de princesa que estaba recibiendo en aquellos momentos era a Zach.

Capítulo Dieciséis

Zach se había adaptado a su papel como presidente de Ferguson Oil muy fácilmente. Simplemente, se había limitado a ocupar el lugar que dejó su padre como estaba destinado para él desde un principio. Había terminado preguntándose si había estado evitando su destino cuando se marchó a Chicago. Eso le hizo pensar que, aunque hubiera tomado cualquier otra dirección en su vida, habría terminado en el mismo sitio: siendo el futuro padre de un niño o de una niña.

La noche en la que se fue con Penelope a su casa desde el club de jazz, jamás había pensado que terminarían teniendo un bebé. A lo largo de toda su vida, se había preocupado tan solo de satisfacer sus deseos físicos en vez de preocuparse por los resultados.

Se frotó los ojos y cuando volvió a abrirlos vio que eran más de las cinco. Otro día que se le había escapado entre los dedos.

Su asistente le pasó una llamada.

—Señor Ferguson, el alcalde por la línea tres.

—Soy Zach y mi hermano se llama Chase —le recordó a Sam, quien insistía en la formalidad.

—Sí, señor —replicó Sam—. ¿Va a contestar la llamada del alcalde?

Zach sacudió la cabeza ante la futilidad de lo que estaba tratando de conseguir y contestó la llamada.

—Chase, ¿qué ocurre?

—¿Habías pensado en decirme algo sobre mi futuro sobrino o sobrina?

—Vaya, Chase… por supuesto que sí.

Se le había olvidado.

–¿Antes de la rueda de prensa en la que un periodis- ta me preguntó si yo estaba esperando un bebé porque os habían visto a Penelope y a ti comprando ropa de bebé durante el fin de semana? Sí, deberías habérmelo dicho antes.

–¿Los periodistas pensaban que eras tú el que esta- ba esperando un hijo?

–Yo y la mujer que me acompañó al evento en casa de nuestros padres. Es una consejera financiera y me ofrecí a presentarla a todo el mundo.

–Esas fotos que nos hicieron debían ser el anuncio público de nuestro embarazo, y no empezar un rumor sobre ti.

–Stefanie ya lo sabía –replicó Chase en tono cor- tante.

–No se lo dijimos voluntariamente. Se me escapó y le pedí que guardara silencio.

–Mamá y papá también lo saben. Ella me lo dijo a mí. ¿Qué se supone que estás haciendo?

Zach se irguió en el asiento.

–¿Qué se supone que significa eso?

–Tu compromiso con Penelope Brand es falso. O, al menos, lo era. ¿Acaso ha cambiado eso?

–No creo que tenga que explicarte nada –le dijo Zach–, pero Pen estaba ya embarazada la noche de tu fiesta de cumpleaños, aunque entonces no lo sabíamos.

Chase lanzó una maldición.

–¿Y estás pensando en hacer que el compromiso sea real para que pueda serlo tanto como el hijo que estáis esperando?

–¿Y si es así qué?

–En ese caso, te sugiero que consideres cómo vas a seguir con este asunto.

Zach se levantó de la silla. Sentía que le estaba su- biendo la tensión.

–¿Cómo has dicho?

–Tú no eres el único que está implicado en este

asunto, Zach. Vas a tener un hijo muy pronto y no te puedes casar con Pen solo porque te parezca divertido. Hay muchas cosas en juego.

–Eso ya lo sé. Puedo ocuparme de mi propia vida. A ti solo te preocupa cómo mis actos podrían afectar a tu preciosa carrera profesional.

–Te equivocas. Te lo recuerdo porque os he visto a los dos juntos. Os estáis comportando como si fuerais pareja. Una pareja de verdad. ¿Es que todavía no te has dado cuenta?

Zach pensaba que así era, pero entonces Chase le dijo que había notado una diferencia. Zach salía con mujeres, por supuesto, pero le había parecido que su hermano se refería a una relación en el pasado de Zach. Una relación que no había terminado demasiado bien.

–Estoy controlándolo –insistió Zach en vez de hablar del tema de Lonna.

–Volvamos a empezar –dijo Chase–. Lo que te debería haber dicho, más que darte la típica charla de hermano mayor, es que me alegro mucho por ti. Por nuestra familia. El primer bebé es muy importante.

–Simplemente estás celoso por no haber sido tú el primero –comentó Zach, aliviado al escuchar cómo su hermano se echaba a reír.

–Sí, tú ganas.

Sin embargo, las palabras de Chase se le grabaron en el pensamiento. Un bebé era algo muy importante, al igual que un compromiso. Y el hecho de que Penelope viviera en su casa.

–Me estoy tomando esto muy en serio –insistió Zach.

–¿Cómo está ella?

–Saludable. Preciosa. Testaruda. Ha devuelto todas las ropas que compramos porque eran muy caras.

–¿Y por eso dices que es testaruda? Yo considero que es práctica.

–Testaruda –insistió Zach.

110

–Casi tanto como tú. ¿Y qué tal estás tú?

–Bien. Estoy muy bien.

Chase esperó un momento. No se creía aquellas palabras

Zach se reclinó sobre el asiento y apoyó la cabeza en la mano. Entonces, le confesó a Chase algo que no le había contado a nadie.

–Tratando de no estropearlo todo para mi hijo.

–Ya encontrarás el modo de no hacerlo. No eres de los que estropean las cosas, Zach. Además, estoy segura de que Pen lo planea todo muy cuidadosamente.

–Así es.

–Encontrarás la manera. No eres de los que fracasan.

El voto de confianza del hombre al que más admiraba aparte de su padre significó mucho para Zach. Se le hizo un nudo en la garganta y murmuró:

–Gracias…

–¿Cuándo sabréis si lo que estáis esperando es un niño o una niña?

Zach sonrió. Si no se equivocaba, le parecía que Chase estaba deseando ser tío.

–La semana que viene.

–Quiero ser el primero en saberlo.

Zach terminó la llamada con su hermano porque alguien había llamado a la puerta. Era Sam, que iba acompañado de Mara, la directora de finanzas.

–Zach –le dijo la mujer, con los ojos brillante de interés. No en él, dado que Zach no había conocido nunca antes a nadie que estuviera tan felizmente casada como ella, sino que parecía más bien que supiera algo que él desconociera–. Aquí tienes los informes que has pedido.

Ella le entregó unos papeles y permaneció de pie al lado de la mesa, sonriendo. Zach la miró durante un instante y luego prefirió rendirse. Ella lo sabía. Resultaba evidente.

–No podemos anunciarlo oficialmente todavía, así que te pido toda la discreción posible.

–De acuerdo. Me alegro muchísimo por los dos. Cuando Vic y yo tuvimos nuestro hijo, todo fue muy emocionante y maravilloso. Vas a ser un gran padre y Penelope es tan guapa… Tendrás el bebé más hermoso del mundo. Después del mío, claro está.

Zach sonrió.

Mara se marchó y, antes de cerrar la puerta, le guiñó un ojo y susurró:

–Te prometo que no le diré nada a nadie.

–Gracias, Mara.

Ella cerró la puerta por fin y Zach miró el calendario donde había apuntado la fecha de la ecografía de Pen.

Chase tenía razón. Zach se integraría tan fácilmente en su papel de padre como lo había hecho en el de presidente de Ferguson Oil. Si tropezaba en alguna ocasión, Pen estaría a su lado para ayudarle.

Sonrió y se relajó en su sillón.

Penelope captó un halo de elegancia desde el otro lado de la puerta de cristal de su despacho. Parpadeó una vez y volvió a hacerlo para asegurarse de que lo que estaba viendo no era un espejismo.

No. Se trataba de la madre de Zach en persona.

Pen la invitó a pasar y se levantó para recibirla.

–Elle, es una sorpresa…

En especial dado que no sabía cómo Elle podía saber dónde trabajaba ella. Recordó la última vez que se vieron. Elle reaccionó mal ante la noticia del embarazo y luego Zach y ella tuvieron relaciones sexuales en su jardín.

–¿Me puedo sentar?

–Por supuesto. Estaba recogiendo ya –dijo Pen mientras tomaba también asiento.

–¿Cómo te encuentras?

–Últimamente mucho mejor que antes.

–Me alegro mucho. Cuando me quedé embarazada de Stefanie, tuve unas náuseas terribles. Si las tuve también con Chase y Zach, no lo recuerdo porque de lo único que me acuerdo es de lo doloroso que fue el parto –comentó. Inmediatamente, un gesto de arrepentimiento le nubló el rostro–. No quería alarmarte.

–No pasa nada. Ya he oído antes que los partos son muy dolorosos.

Se produjo un profundo silencio. Pen trató por todos los medios de encontrar algo de lo que hablar, pero, por suerte, Elle lo consiguió antes que ella.

–He venido a disculparme por mi reacción cuando vinisteis a decirnos que ibais a tener un bebé.

–Gracias. Os pillamos por sorpresa, así que es comprensible. La madre de Rider quiso estrangularnos cuando se enteró de que yo estaba embarazada de Chase antes de la boda –dijo–. En lo que se refiere a las relaciones sentimentales de mis hijos, he cometido algunos errores. Ser la matriarca es muy duro.

Pen la miró sorprendida.

–¿Acaso crees que son los hombres los que están a cargo de una familia? Eso es lo que nosotras les dejamos que piensen, pero no es así. Eres una mujer fuerte. Eres una importante adición a esta familia.

Pen se sintió culpable por el hecho de que Elle creyera que lo que había entre Zach y ella era algo auténtico. Sin embargo, no podía contarle nada sin causar mucho daño a todo el mundo.

–Creo que voy a sobrepasar mis límites –prosiguió Elle. Pen levantó la cabeza para mirar a la otra mujer–. ¿Sabes quién es Lonna?

–Creo que no.

–No sé si Zach sabe que yo sé lo mucho que se implicó con esa mujer, pero soy su madre. Claro que lo sé.

Pen sintió que estaba entrando en un terreno peligroso. Una parte de ella, quería preguntarle a Elle sobre aquella mujer del pasado de Zach, pero otra sentía lealtad sobre su falso prometido. Al final, ganó la curiosidad.

–¿Quién era?

–Estuvieron saliendo cuando Zach tenía veintiséis años. Ella era algunos años mayor que él y siempre hubo algo que no me gustó de ella. Su fuerza no era fuerza en realidad, sino una fiera independencia. Una independencia que apreciaba más que el corazón de mi hijo. Zach preferiría morir antes de admitir que esa mujer le rompió el corazón, pero yo lo sé. Después de ella, era un hombre diferente. Cuando se separaron, él se hizo más reservado. Entonces, se marchó a Chicago y creímos que nunca más lo volveríamos a ver.

¿Esa era la razón por la que se había marchado a Chicago? ¿Para alejarse de una mujer y no para perseguir un sueño? ¿Suponía eso alguna diferencia?

Pen comprendió que sí.

Ella se había marchado de Chicago por su negocio y porque necesitaba cambiar su reputación, no porque no pudiera soportar estar en la misma ciudad que su ex.

–Diciéndotelo, no quiero preocuparte, Penelope –dijo Elle mientras le colocaba la mano suavemente encima de la de ella–. Solo quiero que sepas que había empezado a creer que él nunca se comprometería con otra mujer, al menos seriamente. Todos sabemos que lo de Yvonne fue tan solo una estupidez –añadió con una sonrisa burlona.

–Esperemos que sea así.

–Conozco a mi hijo. Estoy en lo cierto. Por eso, Penelope, créeme cuando te digo que Zach por fin le ha entregado el corazón a otra persona. A ti. No se comprometería tan pronto a menos que fuera en serio.

Pen esbozó una débil sonrisa. A menos que fuera en serio o a menos que quisiera escapar de una exesposa totalmente lunática.

–Vas a ser una madre maravillosa, Penelope, y tendrás un padre y un marido devoto a tu lado. Confía en mí cuando te digo esto.

Pen parpadeó para evitar que las lágrimas que se le estaban formando en los ojos cayeran. Cuando la visión se le aclaró por fin, vio que Elle se estaba metiendo la mano en el bolso para sacar una manta hecha a ganchillo de color blanco y azul.

–Esta manta era de Zach cuando era niño. Su bisabuela Edna se la hizo –le dijo Elle entregándole la delicada mantita–. Me matará si te digo esto, pero no me importa. Durmió con ella hasta que tuvo once años.

Pen se echó a reír, pero perdió la batalla de las lágrimas y unas cuantas le cayeron rodando por las mejillas. Se las secó rápidamente y entonces admiró la manta que tenía entre las manos.

Algún día, su bebé sería un hombre o una mujer adulto y tendría una historia, una historia de dos padres que fingieron estar enamorados. Una historia que tenía que ser historia.

Cuanta más distancia pusiera entre el nacimiento de su hijo y su vida en común con Zach, llena de fingimientos, mejor. No estaba siendo justa con nadie. Ni con los hermanos ni con los padres de Zach y tampoco con sus propios padres. Y mucho menos con su hijo.

Mentir iba a crear un efecto mariposa en la vida de su hijo, y eso era algo que ella no deseaba. A pesar de que Ella había sido muy amable al ir a verla para disculparse y declararle el amor que su hijo sentía hacia ella, había un hecho que permanecía inalterable.

A pesar de que Zach y Pen se gustaban, no estaban enamorados. No compartían planes de futuro ni hablaban de sus bisabuelas ni de amoríos pasados. Compartían planes y una agenda. Una cama. Y ninguna de esas cosas creaba una historia de amor.

Capítulo Diecisiete

Pen suspiró. Estaba tumbada sobre la camilla de la consulta del médico y no se sentía en absoluto relajada. Aquel era el día en el que Zach y ella averiguarían por fin si lo que esperaban era un niño o una niña y la anticipación era casi insoportable.

No le había dicho a Zach que su madre había ido a verla. La razón era que no sabía cómo abordar el tema. La historia de Lonna debía de habérsela contado él y, francamente, el hecho de que no lo hubiera hecho resultaba… revelador. Pen y Zach estaban metidos juntos en aquel asunto. Estaban prometidos, más o menos, y esperaban un bebé. Por lo tanto, él había decretado que ella no podía irse a su casa.

Sin embargo, en lo que se refería a su pasado, guardaba silencio. Eso solo podía significar una cosa: Zach había sufrido mucho y, posiblemente, no había conseguido olvidar nunca a la misteriosa Lonna.

–¿Cómo se encuentra, señorita Brand? –le preguntó el médico en cuanto entró en la consulta.

El doctor Cho era un médico muy joven, pero Zach le había prometido que era el mejor de Dallas. Él había insistido en que Pen debía tener los mejores cuidados y ella no había protestado. Tal vez no le gustara la idea de gastar tanto dinero en ropa, pero estaba de acuerdo en que el bebé que estaba esperando recibiera el mejor de los cuidados.

–Estoy nerviosa –admitió Pen.

–No hay nada por lo que estarlo –replicó el doctor mientras empezaba con los preparativos para la ecografía–. ¿Y el papá?

—Estoy bien.

—Me alegro.

Pen sintió una sensación fría, tal y como el médico le había advertido, pero esta no tardó en desvanecerse cuando apareció en pantalla la imagen de su bebé. Y, de repente, el acelerado latido de un corazón.

Increíble.

Los ojos se le llenaron de lágrimas, pero iban acompañadas de una sonrisa. Zach observaba atónito la pantalla. Tenía la boca abierta.

Era un milagro. Un inesperado milagro.

Después de algunos minutos de medidas y calibraciones, el doctor Cho les preguntó si querían saber el sexo.

—Sí –respondieron los dos a la vez.

Pen contuvo el aliento y se preguntó si Zach estaría haciendo lo mismo. Entonces, el doctor Cho les dijo el sexo de su bebé.

—Es increíble, ¿verdad? –comentó Zach mientras iban de camino a casa.

Oír el latido había sido maravilloso, pero ver al bebé en la pantalla y saber que esa personita pronto ocuparía un lugar en sus vidas era increíble.

Pen estaba reclinada sobre el asiento. El aire acondicionado estaba tan alto que el pelo le volaba. El mes de agosto en Texas era un infierno, pero a Zach no le importaba el valor ni el hecho de que tenía que levantar la voz para comunicarse con ella. Estaba en una nube.

A pesar de que el anuncio de aquel día hubiera estropeado otra sorpresa.

Metió el coche en el garaje de su nueva casa y fue a abrirle la puerta a Pen. Ella llevaba puesto un largo vestido blanco y zapatos de tacón, aunque estos eran más bajos que a los que estaba acostumbrada. Lo que más le gustaba a Zach de aquel vestido eran las amplias aberturas que llevaba a los lados y que dejaban al descubierto las piernas cuando ella caminaba, y el escote, que iba sujeto tan solo por dos delgados tirantes que sostenían unos hermosos pechos de los que Zach era incapaz de apartar la atención.

En el interior de la casa, le dio la mala noticia.

–Tenía una sorpresa planeada y ahora no va a serlo, a menos que quieras marcharte de la casa durante un par de días para que pueda arreglarlo.

–¿Qué es lo que has hecho?

Zach sacudió la cabeza y sonrió.

–Te vas a reír…

–Tengo que saberlo.

Zach la condujo escaleras arriba hasta la que iba a ser la habitación del bebé. Su diseñador la había decorado con hermosos muebles de un estilo limpio y sencillo. La decoración era en color beis con unos pequeños adornos en blanco, lo que era un color neutro perfecto para poder seguir decorando cuando descubrieran el sexo del bebé. A Pen le había gustado la idea…

Se habían situado ante la puerta. Zach empezó a girar el pomo y abrió la puerta de par en par.

Había decorado la habitación del bebé desde el techo hasta el suelo con parafernalia de los Dallas Cowboys.

–¡Vaya! Veo que estabas totalmente seguro de que íbamos a tener un niño –comentó Pen riendo.

–Así es…

Y la ecografía le había demostrado que estaba equivocado. Sacudió la cabeza, aunque no se lamentaba en absoluto del resultado. ¿Una niña con los hermosos ojos azules de Pen? Encantado. Ya se ocuparía él de ahuyentar a los chicos cuando su hija fuera una adolescente.

–Zach… –comentó Pen. Había pósteres de los jugadores por todas partes, un móvil con pelotas de fútbol y gorros de vaquero y, sobre la estantería, una pelota firmada en una vitrina. Había ido a por todas.

–Tal vez le gusten los Cowboys.

–Evidentemente, a ti sí.

–Cielo, soy de Dallas. Claro que soy un fan de los Cowboys. Tal vez podamos retirar algunas cosas…

–¿Algunas cosas? –preguntó ella. Si hasta sobre la cuna había una manta que se parecía a un campo de fútbol–. ¿Tú crees?

–Quería sorprenderte… y lo estás. Misión cumplida.

–Sí, claro que estoy sorprendida. Me alegra que sea una niña después de que tu madre me haya dicho lo grandes que fuisteis los dos chicos.

–¿Cuándo te ha dicho eso? –le preguntó Zach. No recordaba que Pen le hubiera dicho que había estado hablando con su madre.

–La semana pasada. Vino a verme a mi despacho.

Había un par de sillas que flanqueaban una mesita con una lámpara. Pen se sentó en una y le indicó que se sentara en la otra.

Ella abrió un cajón y sacó una mantita de ganchillo que Zach no había visto desde hacía mucho tiempo.

–Vino a traérmela para nuestra hija.

–Es azul. Va con la temática –dijo él señalando a su alrededor.

–Ella se disculpó por su reacción. Sé que quería solucionar las cosas. No estaba orgullosa de sí misma y yo decidí no tenerle nada en cuenta. Ella también me habló de… Bueno, me habló de una mujer que se llamaba Lonna. Después, me dijo que jamás pensó que volvieras a enamorarte.

Zach se tensó. Fijó la mirada en la manta para no tener que mirar a Pen. Por supuesto, su madre sabía lo que había ocurrido con Lonna, pero, ¿quién le había dado el derecho de ir a hablar con su prometida y opinar sobre él?

–Te lo comento porque tu madre cree que estamos enamorados.

119

—Ella no sabe nada sobre Lonna —dijo él. Se levantó y dejó la mantita sobre la silla antes de dirigirse de nuevo a la puerta.

—¿La amaste de verdad?

La ira lo detuvo en seco. Como si él solo fuera capaz de relaciones irreales. Se volvió a mirar a Pen apoyado sobre el umbral de la puerta. Se metió las manos en los bolsillos. Ella levantó una mano para apartar un mechón de cabello de su rostro y, al hacerlo, el anillo de diamantes relució con el sol que entraba por la ventana.

Zach podía ser muchas cosas, pero no era un mentiroso. Por lo tanto, dijo la verdad.

—Sí.

Pen asintió.

—¿Y te marchaste a Chicago porque ella rompió contigo?

—Sí.

—¿Y has conseguido olvidarla?

—Sí —respondió él sin dudarlo.

—Tu madre cree que estamos enamorados, Zach. Ella cree que lo nuestro tiene un final feliz y yo no he podido decirle lo contrario.

—Menuda conversación tuvisteis mi madre y tú…

—No sabía que ella me iba a contar tantas cosas. Sinceramente, no te pediría que me aclararas nada de eso si no fuera por lo que nos espera.

—¿De qué estás hablando? —le preguntó Zach. Fuera lo que fuera, no le gustaba.

—Cuando anunciemos el sexo de nuestro bebé en la fiesta sorpresa, también deberíamos anunciar que no nos vamos a casar.

—¿De qué fiesta sorpresa estás hablando?

—Supongo que esa es la razón por la que tu hermana me pidió que no tuviera ningún compromiso dentro de dos semanas porque me iba a llevar a probar pasteles. Todo me pareció muy sospechoso. Y me pidió que no le dijéramos a nadie el sexo del bebé, ni siquiera a ella.

–Entiendo… Ella nos pidió que celebráramos una fiesta y no ha vuelto a decir palabra.

Zach se pasó la mano por el frente lleno de frustración. ¿Por qué todo el mundo estaba organizando fiestas o hablando a sus espaldas sin que él lo supiera? Él era el dueño de su vida. Era su vida, maldita sea.

–Antes de que estalles, déjame que termine. Daremos a todo el mundo las gracias por los regalos, nos daremos las manos y, entonces, yo me quitaré este anillo. En ese momento, todo el mundo comprenderá que llevaremos vidas separadas a pesar de que vamos a criar juntos a nuestra hija. Todo el mundo estará tan contento al saber que vamos a tener una niña que ni siquiera se pararán a pensar que acabamos de anunciar también nuestra ruptura.

–No vamos a romper.

–Zach –dijo ella poniéndose de pie–. No estamos enamorados. No puedes creer que nuestra relación sexual no va a desmoronarse. Lo único que nos mantiene juntos es la atracción que sentimos el uno por el otro. ¿Qué ocurrirá cuando desaparezca?

–¿Y si no desaparece?

–Venga ya… los dos hemos tenido relaciones antes. ¿La atracción duró para siempre?

Zach apretó los dientes.

–No vamos a romper. Ponte el anillo el domingo. No vamos a hacerlo.

–No puede huir de esto para siempre…

–No estoy huyendo de nada. Estoy aquí, justo delante de ti, y aquí es donde me voy a quedar hasta que lo decida. Ni tú, ni mi madre, ni mi familia. Ni la maldita duquesa de Dallas. Solo yo.

Capítulo Dieciocho

Pen se untó mantequilla de cacao sobre el vientre decidida a evitar las estrías a cualquier precio. Había leído que esa crema ayudaba y había empezado su rutina nocturna casi inmediatamente después de que descubriera que estaba embarazada.

Mientras deslizaba la mano por la redondeada barriga, se paró a pesar en los sentimientos contradictorios que batallaban dentro de ella.

Sentía frustración hacia Zach. Frustración consigo misma. Divertimento por cómo había decorado la habitación porque esperaba un hijo. Admiración por la determinación que sentía por ser buen padre. Y el más grande de todos: tanto amor por su hija nonata que parecía estar a punto de estallar por ello.

Si era sincera consigo misma, ese amor estaba empezando también a dirigirse hacia Zach. Sin embargo, no podía confundir el amor que sentía por su hija con el amor romántico hacia él. No eran lo mismo.

Cuando le preguntó sobre Lonna, él había confirmado uno de los mayores temores de Pen. Enamorarse significaba que podría perderlo todo. Y, a pesar de toda la búsqueda que Zach hacía para encontrar la felicidad, había trazado una línea muy clara alrededor del verdadero amor.

El amor romántico no tenía lugar en sus planes. Después de Lonna, ya no.

Era injusto porque, por primera vez en su vida, Pen temía que estaba empezando a enamorarse de un hombre incapaz de corresponderla.

—Hola —le dijo una voz desde la puerta.

Pen tapó la crema y la puso en la mesilla de noche.

–Hola.

Después de su conversación en la habitación del bebé, Zach había murmurado algo sobre que tenía que trabajar y se había encerrado en su despacho. Pen no lo había visto desde entonces.

En realidad, no se habían peleado. Tan solo tenían puntos de vista muy diferentes sobre cómo eran las cosas. Para Penelope, era necesario que ella se marchara antes de que se enamorara totalmente de él y no pudiera hacerlo tan fácilmente. Para Zach, no había prisa porque enamorarse de ella no era ni siquiera una remota posibilidad.

Tal vez el hecho de haber reconocido eso era lo que más le había dolido.

–Mi reacción fue exagerada –dijo él–. ¿Has comido algo?

–Lo único que hago es comer –replicó ella mientras le dedicaba una cansada sonrisa–. ¿Y tú?

–Un sándwich.

–La cena a las nueve y media.

–Soltero –explicó él.

El corazón de Penelope se encogió al escuchar aquella palabra. Ese era el problema. Aunque estaba en la casa con su prometida embarazada, Zach seguía considerándose un hombre soltero.

–No quiero que te marches. No quiero perderme nada.

–No te perderás nada –le prometió ella–. Mi vientre se va a hacer más grande, mis tobillos más hinchados y mi temperamento más variable. Podría ser incluso que llegara a ser tan malo como el tuyo.

–Lo siento mucho…

Zach se sentó en la cama y levantó la delicada tela del camisón de algodón para dejar al descubierto los muslos de Pen. Cuando le colocó una enorme mano sobre la piel, a ella le costó respirar.

123

Aquella era una mala idea.

–¿Estás muy cansada?

¿A quién estaba engañando? ¿De verdad podría convencerse a sí misma de que no estaba enamorada de Zach? Siempre había creído que todo se basaba en el sexo y en el amor físico, pero por fin había comprendido que los sentimientos llegaban hasta lo más profundo de su corazón y de su alma.

–No estoy demasiado cansada –susurró.

Preferiría tenerle que no tenerle, aunque aquello clavara otra estaca más en su ya malherido corazón.

Zach se inclinó sobre ella para darle un beso en el hombro. Comenzó a juguetear con el tirante utilizando la lengua y luego subió hacia el cuello, dedicándole toda su atención como ninguna otra mujer en el pasado o en el presente había tenido.

La calidez se fue apoderando de ella, junto con un suave cosquilleo entre las piernas. Enterró sus sentimientos en lo más profundo de su ser y se centró en el presente, en ceder a sus necesidades físicas para cabalgar sobre Zach como el vaquero que ella había creído en el pasado que era.

El camisón voló en un instante cuando él se lo sacó por la cabeza y lo dejó caer al suelo. Le deslizó la mano por el abultado vientre y los hermosos pechos.

Pen se tumbó y cerró los ojos mientras la maravillosa boca de Zach comenzaba a atender a sus pezones, uno detrás de otro. Las sensaciones que la asaltaron terminaron con los sentimientos que albergaba en su pecho. Cuando Zach comenzó a tocarle entre las piernas, no pudo pensar en otra cosa. Nada le resultaba más natural ni más maravilloso que hacer el amor con Zach.

Los labios de él encajaban perfectamente con su cuerpo. Cada centímetro de piel parecía pertenecerle.

–Quítate la camiseta –le dijo ella.

–Sí, señora…

Zach se despojó de ella para dejar al descubierto el

torso y, una vez más, respirar se hizo trabajoso. Decidió olvidarse de las responsabilidades y del futuro para disfrutar de él.

Sus anchos hombros, sus bíceps, sus gruesos muslos cubiertos de vello… Todo su cuerpo parecía más bien propio de una persona que se dedicara al trabajo físico y no al intelectual. Todo él era muy hermoso y, por el momento, le pertenecía.

–No haces más que mirarme así, Penelope Brand, y no voy a durar ni un minuto…

Se quitó los calzoncillos por fin. Pen se aferró a la idea de comportarse como una adolescente fuera de control. Ella siempre había buscado la estabilidad… hasta que se mudó a Dallas. Hasta que vio a Zach. Él le hacía aprovechar el momento. Vivir el presente.

La cálida piel de su cuerpo entró en contacto con la de ella y Pen habría jurado que saltaron chispas entre ellos. Cuando quedó por fin completamente desnuda ante él, gimió de placer. Todo era perfecto.

Zach le pertenecía. De una manera superficial y temporal, pero no por ello era menos suyo.

–Recuerda fingir estar sorprendido –le dijo Penelope a Zach mientras entraban al hotel.

Tenían que subir a la Regal Room, en el último piso, una sala muy popular para fiestas y celebraciones. Pen nunca había estado, pero había oído hablar al respecto y la había recomendado a sus clientes más elitistas.

Subieron en el ascensor. Las cosas habían ido bien entre ellos en las dos semanas que habían transcurrido desde que, después de su discusión, terminaron en la cama. De hecho, se habían acostado varias veces desde entonces, y, en cada una de ellas, Pen se había sentido cada vez más profundamente enamorada de él. Zach había mantenido su postura como amable y cariñoso padre de su hija.

Debería ser suficiente, pero no era así. Por eso, mientras el ascensor subía, reunió el valor suficiente para volver a hablar con él.

–Voy a anunciar que la boda queda pospuesta cuando diga a todos los presentes que vamos a tener una hija.

–Penelope…

–No te estoy pidiendo permiso.

–Este no es…

Zach no pudo terminar la frase porque las puertas del ascensor se abrieron precisamente en aquel instante.

Salieron del ascensor y se vieron saludados por un montón de caras sonrientes, de las cuales Pen reconoció muy pocas. Al unísono, un grito resonó en la sala.

–¡Enhorabuena!

Entre los flashes de las cámaras, surgió el rostro de Stefanie y le dio a Pen un fuerte abrazo. Pen se aferró a ella un momento más de lo necesario. Terminar con Zach también significaba distanciarse de su familia e iba a echar mucho de menos a Stef cuando se marchara.

–Nos has sorprendido mucho –comentó ella mirando a Zach, que estaba a su lado rígido como una estatua.

Pen levantó una ceja y él esbozó una ligera sonrisa para todos los invitados. Probablemente el momento que ella había elegido para contarle sus planes no había sido el mejor.

Stef abrazó también a su hermano.

–Sé que odias las sorpresas, Zach, pero trata de animarte un poco.

–Lo intentaré.

–Bueno, ya ves que te mentí sobre lo de venir aquí a probar pasteles –les dijo Stefanie–, pero tenemos pasteles a pesar de todo.

Chase, Elle y Rider se acercaron también a ellos para darles la enhorabuena junto con un fuerte abrazo. Elle en particular parecía muy emocionada.

–¿Nieto o nieta? –le preguntó a Pen–. Guíñame un ojo una vez si es una chica o dos si es un chico.

–¡No! De ninguna manera –le espetó Stef interponiéndose entre ambas–. Harán el anuncio a las nueve. Ni un segundo antes.

–A las nueve –afirmó Pen con una débil sonrisa tras mirar de nuevo a Zach, que parecía estar completamente ausente.

Pen tuvo que centrarse en observar todo lo que Stefanie había organizado para ellos y rezar para que pudiera anunciar que rompía el compromiso y que iba a tener una hija sin romper el ambiente alegre de la fiesta y sin estropear el duro trabajo de Stefanie. Esperaba que la que habría sido su cuñada la comprendiera y la perdonara.

–Lo he preparado todo yo sola –explicó Stefanie–. Bueno, en realidad tenía un equipo que me ayudaba, pero todas las ideas fueron mías.

–Bueno, me parece increíble –afirmó Pen con sinceridad–. Si necesito una fiesta en el futuro, pienso recurrir a ti.

–Zumo de uva con gas –comentó Stef mientras tomaba una copa de la bandeja de un camarero–. He puesto cintas moradas en las bebidas que no tienen alcohol para ti.

Pen aceptó la bebida que Stef le ofrecía con un nudo en la garganta. Se obligó a bebérselo y, una vez más, esbozó la mejor de sus sonrisas.

–Ven a ver qué más cosas he planeado.

Stef agarró a Pen por el brazo y se la llevó. Pen aceptó de buen grado la separación de Zach para evitar que él pudiera sacar de nuevo la conversación que habían estado teniendo en el ascensor.

Le resultó fácil evitarlo durante las dos horas siguientes, dado que Stef había llenado la velada de juegos. Gracias a lo mucho que todos se estaban divirtiendo, a Pen no le costó demasiado ignorar el sentimiento de melancolía que se había adueñado de ella. Fuera como fuera como terminaran Zach y ella, Stef siempre sería la tía de su hija. Pen se aferraría a eso.

Unos veinte minutos antes de las nueve, la hora elegida para realizar el anuncio más esperado de la noche, Pen encontró un hueco para alejarse un rato de la multitud. Zach y Chase estaban charlando con los invitados y nadie la echaría en falta hasta que llegara el momento de que tomaran el micrófono.

La noche era muy calurosa, por lo que no hacía demasiado fresco en la terraza, pero al menos era un lugar privado. Pen necesitaba estar sola desesperadamente para alejarse de las falsas sonrisas. Las mejillas estaban empezando a dolerle.

Colocó las manos sobre la balaustrada y contempló la vista que se dominaba desde allí. De todos los objetivos que se había marcado al marcharse de Chicago, conseguir un anillo de compromiso con un enorme diamante, comprometerse con un millonario o esperar una hija para Navidad no había estado entre ellos. La frase «el hombre propone y Dios dispone» parecía encajar perfectamente con su situación presente. Ciertamente, no había planeado nada de lo que le había ocurrido, pero se alegraba de estar embarazada.

Se volvió a mirar a través de las ventanas y vio a Zach. El corazón le dio un vuelco. Estaba completamente enamorada de él. Por mucho que se había esforzado en compartimentar sus sentimientos, estos habían conseguido reunirse de nuevo para formar una única palabra de cuatro letras.

Amor.

Cuando él entraba en una habitación, esta se iluminaba para ella. Se fundía con su cuerpo cada vez que la besaba. Sin embargo, nada de lo que ella sentía era compartido con su prometido.

Zach le ofrecía apoyo, lealtad y medios, pero no amor. Amor por su hija, sí, pero por Pen se quedaba en amistad. Desde que había sabido la historia de Lonna, era como si pudiera ver realmente las barreras que él le ponía.

La cuidaba, le proporcionaba todo lo que necesitaba y no estaba dispuesto a perderse un instante del embarazo. Le hacía el amor centrándose por completo en el placer de Pen, pero ella, a sus treinta y tantos, sabía muy bien lo que había.

Zach estaba dispuesto a darle todo lo que quisiera a excepción de su corazón. Si ella había notado la distancia que en aquel sentido él interponía entre ellos, poco a poco la terminaría notando su familia y, cuando tuviera la edad suficiente, su hija.

Últimamente, Pen había tomado muchas decisiones, pero la más importante era que su hija sería en lo sucesivo siempre lo primero. Pen sería capaz de sacrificarlo todo, lo que fuera, para darle a su hija lo que necesitaba. Incluso lo que tenía con Zach. Y eso era tan importante como decir que iba a sacrificar la primera vez que estaba verdaderamente enamorada.

Siempre le quedaba la esperanza de que Zach cambiara, de que abriera su corazón y aprendiera a amarla. La optimista que había en ella así lo creía, pero la realista no podía esperar que así fuera.

No pensaba quedarse para ver si Zach terminaba decidiendo que estaba enamorado de ella, y mucho menos con su hija delante. Por eso no podía dejar que el compromiso siguiera adelante.

Además, tampoco deseaba ver cómo el amor que sentía por Zach se transformaba en amargura después de pasar años sin ser correspondido. No quería que su hija fuera testigo de cómo los sentimientos de su madre hacia su padre se convertían en polvo.

Su hija tendría una madre y un padre que se preocuparían por ella y que se respetarían el uno al otro y que la amarían con todos sus corazones. Aquello sería suficiente para todos.

De repente, Zach apareció en la puerta del balcón junto a Chase. Estaban charlando. No se podía dudar que fueran hermanos por sus gestos y su apariencia en general. En ese momento, Zach giró la cabeza y cruzó su mirada con la de Pen. No sonrió, pero la observó atentamente, abrasándola con la mirada. En su boca había un gesto de desagrado.

A pesar de todo lo que había estado pensando anteriormente, el corazón de Pen palpitaba con la necesidad de satisfacer sus propios deseos en vez de los de su hija.

Solo deseaba que amar a Zach las satisficiera a ambas.

Capítulo Diecinueve

Zach vio a Pen en la terraza y estuvo observándola como la primera vez que la vio. Ella llevaba puesto un vestido blanco que se ceñía a cada centímetro de su cuerpo, desde sus exquisitos senos hasta sus aún esbeltas caderas. El elegante cuello conducía a unos ojos azules que eran capaces de detener a un hombre en seco y a unos gruesos labios que le habían parado el corazón en varias ocasiones.

En aquellos momentos, conociéndola como la conocía, aún era capaz de apreciar sus atributos físicos, pero lo que más veía era belleza. Belleza en un vestido que hacía destacar su barriga de embarazada. Belleza cubierta de encaje blanco que le arrebataba el primer puesto a la impresionante puesta de sol que había a sus espaldas.

Una belleza que era toda suya.

Era.

Aquella palabra era la clave. Se había mostrado muy posesivo hacia ella desde el principio y no había querido nunca dejarla marchar, pero ella iba a hacerlo de todos modos.

Pen jugaba con unos cuantos mechones de cabello que se le habían salido del elegante recogido y se apoyaba en la balaustrada con la otra mano. Sus zapatos rojos tenían alto tacón, a pesar de las veces que él le había pedido que no se los pusiera

A lo largo de la velada, su mal genio había ido calmándose. Mientras saludaba a los invitados de la fiesta no hacía más que volverse a mirar a Penelope y a su hija nonata. Su futuro. El de ambos.

Se había imaginado los cumpleaños de su hija, las vacaciones familiares... para luego comprender que ese futuro era imposible porque Penelope se iba a marchar de su lado.

No podía escapar de lo mucho que ella se había infiltrado en su vida a lo largo de aquel tiempo. Zach casi no se reconocía en el hombre que la había acompañado a su apartamento para lo que se suponía que debía de ser una aventura de una noche.

Sin embargo, aquella noche terminaba todo.

Penn se volvió y le sorprendió mirándola. Después, volvió a mirar de nuevo las luces de la ciudad. A su lado, Chase no dejaba de hablarle, por lo que Zach tuvo que apartar la mirada de Pen.

—Lo has hecho, ¿verdad?

Zach se tomó su copa de champán deseando que fuera cerveza. Sabía muy bien de qué estaba hablando su hermano, pero no iba a dejar que él lo supiera.

—El fingimiento se ha hecho real.

—El fingimiento... —musitó él dejando la copa vacía en una mesa cercana– está a punto de terminar. El compromiso se ha terminado.

—¿Por qué?

—¿Por qué? ¿Acaso no fuiste tú el que me aconsejó que no me metiera mucho en este asunto porque me pareciera que podría ser divertido?

—Sí. A mí ha terminado por resultarme evidente que esa mujer significa mucho más que diversión para ti. Así que, una vez más, te preguntó por qué.

Zach parpadeó. En ese mismo instante se escuchó la voz de su hermana dirigiéndose a los asistentes a la fiesta.

—¡Cinco minutos para saber si voy a tener un sobrino o una sobrina!

Todos los asistentes comenzaron a aplaudir y a lanzar gritos de excitación.

—Si no lo sabes, es mejor que lo vayas pensando en

los próximos cinco minutos –le recomendó Chase–. Si fueras a sucumbir ante una mujer –añadió moviendo la cabeza en dirección al lugar en el que estaba Pen–, esa sería la elegida.

–Lo he intentado…

–Pues inténtalo con más empeño.

Zach pensó que tal vez no se había esforzado lo suficiente. Tal vez un falso compromiso no era suficiente para una mujer que representaba el futuro para él. La F de futuro, que era a su vez la F que colgaba del brazalete que llevaba puesto.

Pen era suya. Tenía que saber que el compromiso que a él se le había ocurrido como cortina de humo se había convertido en algo muy real para él.

Zach abrió la puerta de la terraza y salió para reunirse con su prometida.

–¿Es ya la hora?

–Tenemos que hablar.

–¿No me metí yo en un buen lío por decirte algo parecido en otra ocasión? –replicó ella levantando las cejas.

Zach llegó a su lado y le agarró del brazo. El cielo ya había oscurecido.

–Tenemos que hablar sobre el anuncio que vamos a hacer ahora –dijo él.

Él, que jamás había estado a merced de sus nervios, ni siquiera cuando le pidió a Lonna que se casara con él ni cuando le pidió matrimonio a Yvonne en Las Vegas, se encontraba muy nervioso ante la perspectiva de pedirle a Penelope que se casara con él

Muy nervioso.

Casi estaba totalmente seguro de que ella iba a rechazarle, pero necesitaba que ella no le dijera que no. No solo por sí mismo, sino por su hija.

–Penelope Brand –dijo aclarándose la garganta. Le tomó la mano izquierda y se la levantó para acariciarle suavemente el anillo de compromiso que él le había

133

colocado allí. Lo que había empezado siendo un fingimiento, había terminado por convertirse en algo real–. Sé que todo esto empezó siendo algo falso, pero, a lo largo de los últimos meses, teniéndote a mi lado, estando contigo noche y día… Tras saber que estabas embarazada y que vamos a tener una hija… La realidad es, Penelope… ha dejado de ser fingimiento. Ya no lo es.

–Zach…

–Deja que termine. Estamos bien juntos, no solo en el dormitorio, sino como unidad. Estamos empezando nuestro camino y, probablemente, yo tenga que mejorar mucho más que tú, aunque estemos comprometidos con el mismo objetivo final, que es el de criar a nuestra hija rodeada de tanto amor que nunca desee nada más.

Los ojos de Pen se llenaron de lágrimas. Tuvo que parpadear. En su expresión, Zach vio esperanza, una esperanza que le daba fuerzas para continuar.

–Amo a nuestra hija con una fiereza que no sabía que fuera posible. Siento algo por ti, Penelope, que no quiero terminar porque tu opinión como experta en relaciones públicas te indique que deberíamos.

La expresión de Pen cambió. Zach no sabía si estaba impactada o era que estaba de acuerdo con él.

Acarició suavemente el anillo de compromiso y la miró a los ojos.

–¿Quieres casarte conmigo, Pen? ¿De verdad?

Pasó un segundo, luego dos. Pen tan solo lo miraba fijamente. Entonces, tensó los labios y las lágrimas comenzaron a caerle por las mejillas. Apartó secamente la mano de la de él.

Pen se secó las lágrimas casi con furia. Aspiró el aire y esperó que su fuerte constitución la ayudara a resistirlo todo. Tenía el corazón partido cuando llegó a la fiesta.

Zach acababa de hacerlo pedazos.

Él la rodeó con sus brazos para reconfortarla.

–Pen, sé cómo suena todo esto. Sé que crees que es demasiado tarde…

Sin embargo, no era así. No tenía nada que ver con el tiempo.

«Amo a nuestra hija… Siento algo por ti». Zach no podía haber sido más claro sobre la división de sus sentimientos. Cuando empezó aquel discurso, Pen había creído que el milagro era posible. Que, durante aquella fiesta, Zach había terminado viendo la luz. Sin embargo, en aquellos momentos, mientras lo miraba, el corazón se retorcía de dolor y por fin había comprendido dos cosas.

La primera, que lo amaba. La segunda, que se negaba a entrar en un matrimonio con el que Zach solo estaba comprometido a medias.

Podría ser que él nunca la dejara, que nunca la engañara ni la abandonara, pero tampoco la amaría del modo que ella se merecía ser amada. Y ella se merecía el amor.

–Sé que este es el mejor plan –afirmó él mientras se colocaba a sus espaldas para hablarle al oído–. Así, podemos tenernos el uno al otro, podemos tener a nuestra hija y tener una vida en común.

Pen cerró los ojos para no sentir el anhelo que surgía en su pecho. Una parte de ella quería darse la vuelta y decirle que sí, entregarse de aquel modo a la idea de que Zach podría amarla alguna vez del mismo modo en el que ella lo amaba a él.

Sin embargo, eso era un cuento de hadas. En su vida no había zapatos de cristal ni hadas madrinas sino calabazas y sentido práctico.

Se volvió para mirarlo y levantó la barbilla.

–No podemos ser tan egoístas porque queramos disfrutar del sexo, Zach.

–¿Qué diablos se supone que significa eso?

–Significa exactamente lo que te he dicho. Tenemos una hija en la que pensar.

–Claro, una hija que necesita que sus padres estén juntos, no que se alternen en su cuidado.

–Nuestra hija necesita unos padres que la amen y que se amen el uno al otro. Si no podemos darle eso, no tenemos nada más de lo que hablar.

–¿El matrimonio no es bastante para ti? ¿El matrimonio y el sexo no son bastante para ti?

–¿Son bastante para ti? –le replicó ella.

–¿Matrimonio, sexo y tú? Claro que es bastante para mí. ¿Qué más quieres tú de mí, Penelope?

Ella separó los labios para decirle que había mucho más que desear. No lo hizo.

–El acuerdo original era que debíamos deshacer estos nudos antes de que naciera nuestra hija, y eso es lo que estamos haciendo.

Pen hizo ademán de dirigirse a la puerta de la terraza, pero Zach le agarró del brazo y se lo impidió.

–No puedo permitirte que lo hagas. No he terminado de explorar lo que hay entre nosotros, de compartir lo que hemos construido.

Pen se zafó de él.

–¡Lo que tenemos está construido sobre una mentira y un accidente!

En el momento en el que levantó la voz para lanzar aquella acusación, Zach se percató de que alguien había abierto la puerta del balcón, porque las voces de la fiesta se filtraban hacia el exterior. Había sido Stefanie.

Los estaba mirando a los dos con los ojos llenos de lágrimas.

–Stefanie… –susurró Pen.

Stefanie se irguió y miró a su hermano para que él diera una respuesta.

–¿Es eso cierto? –le preguntó.

A su espalda, muchos se habían percatado de lo que estaba ocurriendo y los miraban boquiabiertos. Stef cerró la puerta a sus espaldas y se cruzó de brazos mientras esperaba una respuesta.

–¿Qué mentira? –le preguntó.

–Stef…–insistió Pen.

Zach, que había soltado a Penelope en el momento en el que vio a su hermana, se metió las manos en los bolsillos.

–Penelope y yo estamos hablando de algo muy importante. Ve dentro. Nosotros iremos muy pronto.

–Dime de qué mentira se trata y me marcharé.

–Te he dicho…

–El compromiso no es real –dijo Pen–. Zach se lo inventó cuando Yvonne interrumpió la fiesta de cumpleaños de Chase. Necesitaba una distracción.

–Y tú accediste –replicó Stef con voz dura.

–Yo accedí a ayudarle, sí.

–¿Y el embarazo? ¿Es real?

–Claro que sí, Stefanie. Yo jamás mentiría sobre algo así –suspiró Pen–. Me había quedado embarazada antes del cumpleaños de Chase, pero yo no lo sabía.

–Me mentisteis… Los dos.

–Sí, todo empezó como una mentira para distraer a la gente de lo ocurrido con Yvonne, sí, pero las cosas entre nosotros se han desarrollado mucho desde entonces. Le he pedido a Pen que se case conmigo otra vez, antes de que tú llegaras.

–Pues no creo que ella te haya aceptado. Salí aquí para deciros que estábamos listos para anunciar lo del bebé… pero ahora me parece que les debéis una explicación a todos vuestros invitados –dijo ella, indicando los rostros de curiosidad que se asomaban por el cristal de la ventana–. Tenéis que decirles la verdad. Es lo menos que podríais haber hecho conmigo –concluyó antes de abrir de nuevo la puerta–. Me lo habría esperado de él, Pen, pero no de ti.

Cuando Stef estuvo en el interior, Chase volvió a abrir la puerta y asomó la cabeza.

–Perdona –le dijo Pen mientras aprovechaba para marcharse de la terraza.

Zach la llamó, pero ella no se detuvo.

Chase le bloqueó la puerta a Zach y le dio a su hermano el único consejo que no quería escuchar en aquellos momentos.

–Déjala ir.

Capítulo Veinte

Zach trató de superar a su hermano, pero Chase le empujó y le rodeó con sus brazos. Podría parecer que lo estaba consolado, aunque en realidad era más como si estuviera intentando aplastarle las costillas.

—Espera un momento —le ordenó Chase—. Vamos a tener una conversación de hermanos.

Cuando Zach se calmó por fin, Chase le soltó. En el interior de la sala, familia y ambos observaban la escena con preocupación para luego mirar en la dirección en la que Penelope se había marchado.

—Tienes treinta segundos. No pienso estar aquí mucho tiempo cuando debería ir corriendo detrás de ella.

—Ya ha ido Stefanie. ¿No lo has visto? Además, si Pen quisiera estar hablando contigo en estos momentos, estaría en esta terraza. Todos los que hay ahí dentro están esperando una noticia. Efectivamente, ya se la habéis dado, aunque no precisamente la que estabais esperando.

Zach se mesó el cabello con las manos. Por supuesto que no había sido la que estaban esperando. Ni siquiera había sido la que él estaba esperando después de que él le propusiera matrimonio de verdad.

—Las opciones que tienes son marcharte y dejar que empiecen los cotilleos o quedarte y ofrecer algún tipo de explicación.

—¿Como cuál?

—Si yo fuera tú, me disculparía diciendo que ha sido todo culpa mía…

—¿Que es culpa mía? ¿Culpa mía? ¿Culpa mía pedirle a Penelope que se case conmigo, culpa mía pedirle a la mujer que lleva mi bebé en sus entrañas que se quede a mi lado el resto de nuestra vida?

–Baja la voz.

–Eres como todos los demás, Chase. No me importa la opinión del público ni lo que pueda necesitar la gente que está en esa sala.

–Sí, resulta evidente. Solo te importa una única persona. Tú.

Se acabó. Zach no podía aguantar más. Estaba harto de tratar de hacer lo correcto y que le crucificaran por ello.

–¿Sabes una cosa? –le espetó a Chase mientras le daba un empujón con el hombro para que se apartara de la puerta–. Diles lo que quieras.

–¡Penelope, espera!

Pen se detuvo en la acera, sorprendida de que Stef la hubiera seguido hasta la calle. Stef le había dejado claro arriba que no le había gustado que le ocultaran la verdad.

–¿Adónde vas?

–Tenías razón, Stef. Te merecías saber lo que ocurría. Siento no habértelo dicho, pero no podía.

–Deberías sentirlo. Estoy furiosa contigo y con el idiota de mi hermano por ocultarme algo tan importante. ¡No le dije a nadie lo del embarazo! También podría haberos guardado este secreto –le recriminó. Entonces, dio un paso hacia ella con los ojos llenos de ternura–. Sin embargo, a pesar de lo enfadada que estoy, voy a llevarte a casa.

–No quiero ir a casa… –susurró ella.

La única casa que tenía era la que compartía con Zach. Ya no era así. Tal vez nunca más volvería a ser así. Aquella era una manera tan buena como otra cualquiera de romper con el pasado. Tal vez así podría cerrar sus heridas más rápidamente.

Pen volvió a escuchar su nombre una vez más. En aquella ocasión, era Zach. Iba corriendo hacia ellas, pero, al ver que no se movían, fue aminorando el paso.

–Se viene a mi casa –le dijo Stef.

–No. Pen…

–No tengo nada más que hablar contigo, Zach –anunció ella con tristeza–. Me has ofrecido todo y nada al mismo tiempo.

Zach se quedó boquiabierto.

–Te he ofrecido todo lo que puedo darte.

–Lo sé –afirmó ella a pesar del nudo que acababa de hacérsele en la garganta–. Y no es suficiente.

Zach observaba de brazos cruzados cómo uno de los mozos de la mudanza sacaba la última de las cajas de Penelope y la cargaba en un camión.

–¿Y las cosas del bebé? –preguntó otro mozo señalando la habitación que Zach tenía a sus espaldas.

Pen, que iba ataviada con un amplio vestido blanco, se volvió para responder.

–No.

–Sí –dijo Zach al mismo tiempo.

Las miradas de ambos se cruzaron.

–Llévatelo todo. Yo puedo comprar otras cosas.

Efectivamente, podría reemplazar todo lo que había en aquella casa menos una cosa. La mujer que estaba frente a él en aquellos momentos. Había tratado de hablar con ella durante los últimos días, pero, después de pasar una noche en casa de Stef, había sido incapaz de localizarla. Ni siquiera había ido a su despacho. De repente, aquella misma mañana ella le había mandado un mensaje para preguntarle si estaría en casa. Zach había creído que iba a ir a verlo para hablar con él y, por el contrario, ella se había presentado con el camión de la mudanza. Todo había terminado.

–Yo también puedo comprarlas, Zach. Además, no sé si todas estas cosas cabrán en mi apartamento.

Zach se deshizo de muy malas maneras del mozo que aún estaba en el rellano antes de seguir hablando con Pen.

–¿Qué apartamento?

–Bueno, por suerte mi antigua casera me adora y me ha alquilado el primer apartamento de dos dormitorios que se le ha quedado disponible.

–Aquí tenías todo el espacio que pudieras necesitar.

–Pero yo nunca te pedí nada de todo esto.

–Tenemos que hablar de muchas cosas. Hay que tomar decisiones sobre nuestra hija.

–Sí. Ya lo había pensado yo –dijo ella. Abrió el cuaderno que tenía en las manos y arrancó una hoja de papel–. Considéralo una proposición. Ya definiremos los detalles más tarde.

Zach se negó a aceptar el papel y se cruzó de brazos.

–¿Por qué estás haciendo esto?

–Porque, por mucho que tú afirmes saber lo que quieres, no es así –contestó mientras volvía a meter el papel en el cuaderno–. Te mereces mucho más que un matrimonio de conveniencia con una niña como premio. Y yo también. Te aseguro que estaremos mejor así –le prometió ella tras acercarse a él y darle un beso en la comisura de los labios–. Quédate con los muebles. Los necesitarás para cuando ella venga a visitarte.

Con eso, Pen bajó la escalera y salió al exterior de la casa. Poco después, se oyó que arrancaban dos motores y que los dos vehículos se alejaban de la casa. Zach se sentó en un escalón y se puso los codos en las rodillas mientras escuchaba el profundo silencio que reinaba en la casa. Un silencio que le recordaba su derrota.

Sin embargo, Zachary Ferguson no aceptaba las derrotas. Se puso de pie y decidió en ese momento que haría todo lo que estuviera en su mano para recuperar a Pen. Le haría comprender que no podían estar separados y que lo mejor para el futuro de ambos era un futuro juntos.

Tenía varios millones en el banco. Estaba seguro de que se le ocurriría algo.

Capítulo Veintiuno

La madre de Pen estaba limpiando el polvo de una cuna de madera. Paula y Louis habían ido en coche hasta Texas con la excusa de que el viaje les sentaría bien. Habían llegado un día después de la mudanza y Pen se había alegrado muchísimo de verlos.

–Era tu cuna –le decía su madre–. Sinceramente, no me acordaba de que la teníamos, pero tu padre limpió el trastero y ahí estaba.

–Gracias, mamá.

Paula dejó su tarea para estrechar con fuerza a su hija entre los brazos.

–¿Me vas a decir la verdadera razón de que hayas dejado a Zach?

–Bueno, Zach me pidió dos veces que me casara con él, pero lo hizo por obligación en vez de por amor. Yo no me podía conformar con nada que no fuera su corazón.

–Lo siento, cariño –susurró Paula–. Ojalá pudiera contarte yo una historia parecida para consolarte, pero la verdad es que tuve mucha suerte de encontrar a tu padre cuando era joven.

Efectivamente, Paula y Louis llevaban juntos desde el instituto y se habían casado porque se amaban.

–Pues me alegro mucho de eso –le dijo a su madre con una sonrisa–, pero yo estaré bien. Me he caído y me he levantado ya más veces de las que puedo contar –añadió–. Tendría que seguir siendo así. Quería que su hija se sintiera tan orgullosa de ella como Pen lo estaba de su madre.

–Está bien. Yo tengo algo para ti –anunció Paula.

Fue a por su bolso y sacó un sobre–. Tuvimos mucha suerte en la venta de la última casa y tu padre y yo queremos que tengas esto. Vamos a ser abuelos y queremos empezar con los mimos desde ya mismo. Lo digo en serio.

Pen aceptó el sobre y le dio las gracias a su madre.

–¡Me muero de ganas de ir a comprar cosas para el bebé! –añadió Paula.

–Iremos en otro momento –comentó Penelope–. Ahora tengo que irme a trabajar, si no te parece mal.

–Esa es mi chica.

Ya en su despacho, Pen se sentó al escritorio y realizó un listado de las llamadas de teléfono que debía hacer. Decidió que debería empezar a trabajar desde casa dado que, cuando naciera su hija, ya no se podría permitir tener un despacho independiente.

Se puso la mano en el vientre y cerró los ojos. Se recordó lo que era verdaderamente importante.

Entonces, tomó el teléfono y llamó al alcalde de Dallas.

Chase se presentó en el despacho de Zach cinco minutos antes de las cinco.

–No tienes muy buen aspecto –le dijo Zach–. ¿Has tenido un mal día?

–Me ha llamado Penelope.

–¿A ti? ¿Por qué?

–Me quería decir que iba a anunciar vuestra ruptura en un blog; el de la duquesa no sé qué. Pen me dijo que lo te dijera a ti en persona. Y yo he venido a decirte esto y una cosa más.

–¿Qué?

–Que Penelope te echa de menos.

–¿Te lo ha dicho ella?

–No hace falta. Sonaba… triste. Me pregunto si tiene tan mal aspecto como tú, pero lo dudo. Es muchísimo más guapa.

–Eso no te lo puedo discutir. En cuanto a lo otro, no me puedo dejar llevar por tu instinto –dijo Zach. Sin embargo, en ese mismo instante, una idea empezó a formársele en la cabeza mientras miraba el blog que había aparecido en la pantalla de su ordenador–. Sin embargo, acabo de decidir que no me voy a rendir.

–Lo que tienes que tener en cuenta antes de hacer nada es pensar cómo quieres que sea tu vida dentro de cinco, diez o veinte años –le recomendó Chase–, y el papel que podría desempeñar Penelope en esa vida. Es la madre de tu hija, sí, pero ¿es casarte con ella lo mejor para ti o acaso es mejor que des un paso atrás y te alejes de ella para permitir que el futuro vaya ocupando su lugar?

Zach se levantó mientras Chase hablaba.

–¿Me estás tomando el pelo? ¿Es ese el consejo que has venido a darme? No sabes cómo somos Pen y yo juntos. Cuando ella estaba en mi casa, en mi vida.

–En ese caso, la pregunta es muy sencilla –replicó Chase con su habitual tranquilidad–. Ella te echa de menos. ¿La echas tú de menos a ella?

–Sí.

–¿La amas?

Zach no pudo responder inmediatamente. No estaba seguro de lo que responder. Tenía miedo.

–Ahí tienes tu respuesta –afirmó Chase–. Déjala ir, Zach. El amor, incluso cuando es real y duradero, no es algo seguro. Sin embargo, si no existe, estarías apostando para perder. Cuanto más permitas que dure una relación sin amor, mayor es la pérdida.

Con eso, Chase se levantó y se marchó del despacho tras realizar una leve inclinación de cabeza.

Capítulo Veintidós

Pen entró en su edificio y la mujer que había en recepción le indicó que se acercara.

–Ha llegado esto para usted, señorita Brand.

Otra vez no.

Penelope fingió una sonrisa y aceptó un sobre. Y luego otro. Y después una cajita.

–¿Quiere que la ayude a subirlo?

–No, no es necesario –respondió Pen. Ninguna de las tres cosas pesaba mucho.

Al llegar a su casa, lo dejó todo sobre el sofá del salón y los miró, sabiendo ya de antemano de qué se trataba. El remite era la tienda de ropa de bebé a la que Zach y ella habían ido a comprar para hacer público su embarazo. Recibía paquetes de allí todos los días, en ocasiones varios. Hasta aquel momento, se trataba de las cosas que ella había devuelto a la tienda después de que las compraran. Una a una, o como en aquella ocasión, de tres en tres, habían ido llegando a su nueva casa.

Abrió los sobres y vio que se trataba de ropita de bebé. En cuanto a la caja, contenía un par de zapatos, pero no se trataba de unos zapatitos cualquiera. Eran unas preciosas botitas para una niña.

Pen trató de contener las lágrimas. Ella no había comprado aquellas botas. Zach y ella las habían visto en la tienda y Pen había comentado que, si tenían una niña, ella jamás le compraría unos zapatos de seiscientos dólares. Zach había respondido que si fuera una niña lo que iban a tener, aquel par de botitas sería lo primero que le compraría.

Y así había sido.

Una solitaria lágrima le cayó por la mejilla. Zach había estado tratando de recuperarla desde que ella se marchó. Estaba siendo muy dulce, muy considerado. Como padre de su hija, no podría haber elegido a un hombre mejor, pero él no la amaba.

De repente, alguien llamó a la puerta y la sacó de sus pensamientos. Tras mirar al reloj, recordó de quién se trataba. Aquella mañana, Stefanie la había llamado para preguntarle si podría ir a verla aquella tarde.

Se secó los ojos y se sacudió aquella tristeza antes de ir a abrir la puerta. Stef estaba allí con una radiante sonrisa.

–¡Dios mío! ¿Qué ha pasado ahora? –le preguntó Stef mientras entraba en el apartamento y abrazaba a Pen.

En vez de explicarle nada, Pen indicó los paquetes que ocupaban gran parte de su salón y perdió la batalla para tratar de contener las lágrimas.

–Tu hermano me envía regalos todos los días.

–¡Qué idiota! –exclamó Stef–. ¿Pero ha venido a verte?

–No, pero tampoco quiero que lo haga.

–¿Te ha llamado o te ha enviado algún mensaje? –insistió. Pen negó con la cabeza. Entonces, Stef chascó la lengua y le ofreció un sobre–. Esto es para ti. Zach me lo entregó cuando fui a verlo a su despacho.

Su nombre estaba escrito con una caligrafía muy elegante e iba dirigido a la casa que Zach había comprado para ellos. Pen abrió el sobre y vio que se trataba de una invitación de boda, la de los dos actores, Ashton Weaver y Serena Fern.

Pen se sintió totalmente derrotada y se fue a sentar al sofá. Apartó los paquetes y se dejó caer. Se colocó un cojín en el regazo y lo apretó con fuerza. Stef se sentó a su lado. Pen había decidido que no lloraría, pero le entristecía pensar que una pareja tan improbable fuera a casarse, cuando ella terminaba de romper su compromiso.

—No entiendo cuál es el problema –dijo Stef mientras le frotaba cariñosamente la espalda–. Amas a Zach y vas a tener una hija con él.

—El problema es que él no me ama –repuso Pen mientras se secaba las lágrimas–. Le gusta la idea de tener una familia y que estemos juntos. Además, somos muy compatibles en la cama… Siento haberte dado tanta información.

—No importa –respondió Stef–, pero, ¿cómo es posible que no te quiera? Yo te quiero… ¿Quieres casarte conmigo?

Pen soltó una carcajada.

—No, muchas gracias. Perdona que me haya echado a llorar. Estaré bien. Son las hormonas y, además, ha habido muchos cambios últimamente. Estoy segura de que saldré adelante. Bueno, ya está bien de lágrimas. Ahora, ¿quieres ayudarme a quitarle las etiquetas a toda esta ropa para poder lavarla?

Stef sonrió.

—Por supuesto –dijo.

Tras dar una palmada, se levantó del sofá y agarró unas cuantas prendas en la mano. Hacer la colada era mejor que lamentarse.

Lo de la ropa no estaba funcionando. Zach no hacía más que enviarle paquete tras paquete y aún no había tenido noticias de Penelope. Tendría que ir pensando en otra cosa. Tal vez tendría que pensar en otra cosa, lo que fuera, porque no estaba dispuesto a rendirse.

Su hermana se bajó del coche y Zach fue a recibirla a la puerta.

—Te has levantado muy temprano –le dijo.

—Más bien me acosté muy tarde, pero las embarazadas no beben, así que estuve tomando té con pastas.

En realidad, no es mala manera de pasar la noche de un viernes.

¿Había estado en el apartamento de Penelope?

—¿Cómo está?

—Ella me ha preguntado lo mismo sobre ti —repuso Stef—. ¿Tienes café?

—Estaba preparándolo justo ahora —contestó Zach mientras los dos entraban en la casa y se dirigían a la cocina.

Allí, Zach le sirvió una taza de café y, cuando se dio la vuelta, vio que Stef estaba mirando su iPad.

—¿Estás pensando en comprarte una isla?

—¿Y por qué no?

—¿Para irte a vivir allí?

—No, bueno, no sé. Tal vez. Iba a comprarla para Penelope.

—¿En serio? —le pregunto Stef mientras lo miraba con desaprobación.

—Estoy dispuesto a hacer lo que sea. Llenarle la casa de flores, comprarle las floristerías… No he conseguido nada con lo de la ropa de bebé.

—No estoy segura de que esto se arregle comprándole cosas, Zach. Si no tuvieras tanto dinero en el banco, ¿qué sería lo que harías? Creo que no te estás fijando en lo que es verdaderamente importante.

—¿A qué te refieres?

—¿Por qué estáis bien juntos, Zach? ¿Qué es lo que sientes por ella?

Zach soltó una carcajada.

—Es evidente, ¿no? La deseo a mi lado. Quiero que criemos juntos a nuestra hija.

Stefanie tomó una galleta de una bolsa que vio abierta.

—¿Por qué?

—Bueno, Pen en divertida y conectamos…

—¿Qué más?

—Y la echo de menos —admitió Zach, a su pesar.

–¿Nada más? Mira, hermanito. Aquí estamos hablando de asuntos del corazón y no de la cabeza. ¿Tienes sentimientos ahí dentro? No hace mucho te casaste con una loca. ¿Por qué es Pen diferente?

–Eso fue tan solo una prueba. Solo quería asegurarme de que podía casarme sin sentir nada.

–Entonces, ¿casarte con Pen significaría lo mismo?

–¡No! Casarme con Pen lo significaría todo. Ella es… la madre de mi hija. Es… –susurró él cerrando los ojos un instante. Comprendió por fin lo que ya resultaba evidente para su hermana–. Estoy enamorado de ella.

–¡Bingo! –exclamó ella–. No conseguirás que vuelva a tu lado dándole regalos. Tienes que darle algo más. Tiene que quedar algo en esta casa que te ayude a saber cómo recuperarla.

–Se llevó todo lo que le pertenecía…

Stef empezó a recorrer toda la casa. Efectivamente, a excepción de la habitación del bebé, parecía que ella nunca había vivido en aquella casa. Stef examinó las decoraciones de los Dallas Cowboys que él no se había molestado en quitar. Zach esperó que su hermana se encogiera de hombros y le dijera que no había nada que hacer. Sin embargo, Stef esbozó una amplia sonrisa.

Agarró del brazo a su hermano y le dio un buen tirón.

–Ya lo sé. Ya sé cómo puedes recuperarla.

Capítulo Veintitrés

Pen había tenido que dejar su despacho y había empezado a trabajar desde el salón de su casa. A pesar de que se decía que era perfecto, echaba de menos su despacho. No obstante, cuando la niña naciera, sabía que trabajar desde casa era la mejor solución posible.

Al menos, había conseguido una nueva clienta. Se trataba de Bridget Baxter. Era amiga de Serena y esta le había recomendado a Pen para que le resolviera un pequeño problema. Bridge era una de las gerentes de los Dallas Cowboys y había tenido una aventura con uno de los jugadores, aventura que había llegado a oídos del público. Bridget no se podía permitir perder una reputación que tanto le había costado ganarse en un mundo de hombres. Aquella mañana, tenía una reunión con ella en el estadio.

Tras preguntar por ella al llegar al estadio, le indicaron que estaba practicando en el campo. Al llegar allí, su sorpresa fue mayúscula al encontrarse a Bridget con el uniforme de las animadoras.

–¡Por fin ha llegado! –exclamó Bridget mientras todas las animadoras comenzaban a formar delante de ella–. Siento haberte hecho creer lo que no era, pero ese era su plan. ¡Me encantó hacerme pasar por una ejecutiva!

–¿De quién era el plan?

–¡Dadme una Z! –gritó Bridget.

Las animadoras repitieron la Z, para después añadir una A, una C y una H. Entonces, las animadoras se separaron por completo y Zach apareció entre ellas ataviado con un esmoquin.

–Penelope Brand… –susurró.

–¿Qué estás haciendo?

Zach se acercó a ella y le tomó la mano en la que ella solía llevar antes su anillo de compromiso. Pen lo había dejado en la habitación del bebé el día en el que se marchó de la casa.

–Hace mucho tiempo, me prometí que no dejaría que me volvieran a hacer daño. Después de que le pidiera a Lonna que se casara conmigo, ella me rechazó y yo juré que no volvería a enamorarme. Yo pensaba que evitar el amor era el único camino hacia la felicidad. Entonces, te conocí a ti. Amo a nuestra hija, Pen, pero debes comprender algo más. La amo por lo mucho que te amo a ti.

Pen se quedó completamente inmóvil. No se podía creer lo que acababa de escuchar. Se negaba a creerlo.

–Tú… tú… Eso no es cierto.

–Yo no estoy unido físicamente a nuestra hija tal y como lo estás tú –afirmó él–. La única manera por la que puedo sentir tanto amor hacia ella es porque lo sentí antes por ti. Llevo negándolo mucho tiempo. En realidad, desde la fiesta de cumpleaños de mi hermano. Creo que incluso entonces, ya lo sabía –añadió. Entonces, la tomó entre sus brazos–. Te amo, Penelope Brand. Siento haberte obligado a hacer tantas cosas que no deseabas a hacer y, sobre todo, siento haberte pedido que te casaras conmigo sin confesarte primero lo que sentía por ti. Fue una manera infantil de conseguir lo que quería sin arriesgar mi corazón. Ahora, lo retiro todo. No quiero que te cases conmigo.

Pen parpadeó. Se sentía completamente confusa.

–A menos que… tú me ames también a mí.

Zach no estaba completamente seguro de lo que ella sentía, dado que Pen nunca se lo había dicho. Ella había sido tan culpable como él por no compartir lo que sentía.

–Te amo tanto que no puedo imaginarme la vida sin ti –admitió ella–. Y créeme que lo he intentado.

–En ese caso…

Zach lanzó un potente silbido. A sus espaldas, las animadoras formaron una línea y levantaron unos enormes carteles con letras que formaban la frase «¿Quieres casarte conmigo?».

Zach se volvió de nuevo a mirar a Pen. Ella había dejado caer el bolso para abrazarlo y ponerse de puntillas. Los dos se besaron. A sus espaldas, las animadoras lanzaron vítores y silbidos.

Pen dejó que Zach la abrazara y se dejó llevar por la promesa de sus palabras. Zach la amaba. La amaba tanto como ella lo amaba a él.

Epílogo

–Penelope me ha dicho que odiaba…

Su padre, su hermano y su hermana lo miraban con preocupación. Su madre, por otro lado, soltó una carcajada que resonó en la sala de espera.

–Las mujeres siempre dicen eso en el parto. ¿Es que no te acuerdas, Rider?

Zach sonrió. Había sido un parto relativamente rápido.

–¿Estáis listos para conocerla?

El orgulloso padre condujo a su familia hasta la habitación. Al entrar, todos lanzaron un suspiro de admiración cuando vieron el pequeño envoltorio rosa que Pen tenía contra su pecho. Ella tenía ojeras en el rostro y el cabello despeinado, pero, a pesar de todo, a Zach nunca le pareció más hermosa.

–¿Cómo se llama? –preguntó Elle mientras tomaba a su nieta en brazos.

–Olivia Edna –anunció Penelope con una sonrisa. Los dos habían querido mantener en secreto el nombre de su hija–. En honor a mi abuela y a la de Zach.

–Tus padres vienen camino del aeropuerto –le dijo Zach a Pen mientras todos los presentes admiraban a la pequeña, que seguía durmiendo plácidamente–. Lo has conseguido… –añadió dándole un beso en la frente.

–Lo hemos conseguido –afirmó ella dándole un crédito que no se había ganado.

Olivia comenzó a lloriquear, pero se tranquilizó cuando Chase la tomó en brazos. Debía de ser por la experiencia que tenía de sostener niños y besarlos en sus años como alcalde.

–Te amo –le susurró Pen a Zach mientras le agarraba el brazo con una mano, en la que presentaba orgullosa su anillo de compromiso y su alianza de boda. No habían podido esperar. Ni habían querido hacerlo.

Zach le dio un beso en los labios.

–Te amo. Feliz Navidad.

Olivia era el regalo perfecto, mejor que cualquier otro que estuviera esperando debajo del árbol para cuando regresaran del hospital. Mejor incluso que el momento en el que los dos habían prometido permanecer juntos hasta que la muerte los separara.

–Ay, creo que ya se ha hartado de nosotros –anunció Stef mientras le colocaba a Zach a su hija en brazos.

Él la miró con adoración y contempló el suave cabello rubio y los rosados labios. Al ver los puños apretados de su hija, sintió que el corazón estaba a punto de estallarle de felicidad. ¿Quién hubiera dicho que su corazón tenía espacio para tanto amor?

–Hola, Livvie –susurró con la voz llena de emoción–. Feliz Navidad para ti también.

Bianca

**El príncipe haría lo que fuera necesario
para casarse con su princesa…
aunque para ello tuviese que secuestrarla**

LA NOVIA ROBADA
DEL JEQUE

Kate Hewitt

Olivia Taylor, una tímida institutriz, siempre se había sentido invisible, ignorada por todos. Hasta la noche en que el taciturno príncipe Zayed la secuestró del palacio.

Zayed debía casarse para reclamar el trono de su país, pero tras la boda descubrió que había secuestrado a la mujer equivocada. ¿Podrían reparar tan tremendo error?

Y con la ardiente química que había entre ellos, ¿querrían hacerlo?

Acepte 2 de nuestras mejores novelas de amor GRATIS

¡Y reciba un regalo sorpresa!

Oferta especial de tiempo limitado

Rellene el cupón y envíelo a

Harlequin Reader Service®
3010 Walden Ave.
P.O. Box 1867
Buffalo, N.Y. 14240-1867

¡Sí! Por favor, envíenme 2 novelas de amor de Harlequin (1 Bianca® y 1 Deseo®) gratis, más el regalo sorpresa. Luego remítanme 4 novelas nuevas todos los meses, las cuales recibiré mucho antes de que aparezcan en librerías, y factúrenme al bajo precio de $3,24 cada una, más $0,25 por envío e impuesto de ventas, si corresponde*. Este es el precio total, y es un ahorro de casi el 20% sobre el precio de portada. !Una oferta excelente! Entiendo que el hecho de aceptar estos libros y el regalo no me obliga en forma alguna a la compra de libros adicionales. Y también que puedo devolver cualquier envío y cancelar en cualquier momento. Aún si decido no comprar ningún otro libro de Harlequin, los 2 libros gratis y el regalo sorpresa son míos para siempre.

416 LBN DU7N

Nombre y apellido	(Por favor, letra de molde)

Dirección	Apartamento No.

Ciudad	Estado	Zona postal

Esta oferta se limita a un pedido por hogar y no está disponible para los subscriptores actuales de Deseo® y Bianca®.

*Los términos y precios quedan sujetos a cambios sin aviso previo.

Impuestos de ventas aplican en N.Y.

SPN-03

©2003 Harlequin Enterprises Limited

**¡De amante de una noche…
a novia embarazada!**

DAMA DE UNA NOCHE

Chantelle Shaw

Habiendo en juego la adquisición de una nueva empresa, Giannis Gekas se vio en la necesidad de deshacerse de su reputación de playboy, y para ello nada mejor que reclutar a la hermosa Ava Sheridan y que ella se hiciera pasar por su prometida. Pero, tras las puertas cerradas, ¡la atracción que sentían el uno por el otro podía calificarse de todo menos de falsa!

Que Ava intentase mantener en secreto las consecuencias de su pasión lo puso verdaderamente furioso y, para legitimar a su hijo, solo le dejó una opción: ¡hacer de ella su esposa!

DESEO

*Quería servir la venganza en plato caliente...
y acabaría quemándose*

Intento de
seducción

CAT SCHIELD

London McCaffrey había hecho un trato para vengarse a cualquier precio. El objetivo era uno de los hombres más influyentes de Charleston, pero el impresionante piloto de coches Harrison Crosby se cruzó en su camino como un obstáculo muy sexy.
Él desató en ella un torrente de deseo que la atrapó en su propia trama de engaños.
¿Se volverían contra ella esos planes minuciosamente trazados desgarrándoles el corazón a los dos?

¡YA EN TU PUNTO DE VENTA!